LILIENFELDIANA

BAND 3

HERBERT SCHLÜTER

Nach fünf Jahren

Roman

Mit einer Nachbemerkung zum Autor

LILIENFELD VERLAG

ERSTER TEIL

I.

Als ich Victoria das erste Mal besuchte, war ich dreizehn Jahre alt. Ich kannte sie schon länger, von jenen alle Mitglieder der Verwandtschaft zusammenfassenden Festen des bürgerlichen Lebens her, wie sie Begräbnisse und Hochzeiten darstellen. Aber ich kannte sie doch nur von weitem und sozusagen von unten: sechsjährig und achtjährig. Die Jahre 1914 bis 1918 verbrachte meine Cousine am Vierwaldstätter See. Anfang 1919 kehrte sie dann nach Deutschland zurück, um ihr Erbe im Märkischen anzutreten: einen mittelgroßen Landsitz, der ihr von ihrem schon lange verwitweten Vater zugedacht worden war. Ihr Vater, mein Onkel, starb im Spätherbst 1918, ein paar Tage vor dem Waffenstillstand. Im Vorfrühling des darauf folgenden Jahres kam Victoria zurück, in eine regenfeuchte, trostlose Mark, dreißigjährig, mit einem leichten Augenschaden, ein wenig nervös, unruhig und ruhebedürftig in einem.

In den „großen Ferien" eines der folgenden Jahre schickte man mich zu ihr aufs Land.

Ein Wagen holte mich an der Station ab. Man fuhr eine halbe Stunde durch einen Buchenforst, dann an Roggenfeldern vorbei. Von weitem sah man einen See, der sehr groß und unbewegt erschien.

Ich traf meine Cousine auf einer von Blumen und Blattgerank halb verdüsterten Terrasse, die sich ein paar Stufen über der ebenen Erde befand. Es war gegen sechs Uhr. Es war noch jemand bei ihr, ein alter Freund des Hauses und spezieller Freund ihres Vaters, ein Pfarrer in mittleren Jahren.

„Da kommst du gerade recht zum Tee", empfing mich meine Cousine, als ich aus dem Wagen kletterte. Sie gab mir einen leichten Kuß auf die Stirn und schob mich dann zu dem geistlichen Herrn. „Mein jüngster Freund und Cousin", sagte sie und lachte leise. Der Pfarrer drückte mir mit einem ernsten Lächeln die Hand. Er hatte dunkelgraues Haar und graublaue Augen.

Ich bekam Tee und Kuchen. Den Tee gab es in einem bäuerlich bunten Porzellan, mit dem meine Cousine vor uns, mit einer Art verheimlichter Hast, hantierte. Ihre Hände waren etwas stark für eine Frau, aber weiß und sehr gepflegt. Ihr Gesicht war beinahe breit, mit Backenknochen, die ein wenig hervorstanden, und mit großen braunen Augen. Die Gesichtshaut war bleich, wodurch ihr dunkelblondes Haar fast ganz dunkel erschien. Alles in allem war sie ein Typ, in dem sich die Urbevölkerung der Mark repräsentiert.

Ich habe wenig Erinnerungen an diesen ersten Tee. Es waren hauptsächlich Namen, die mir sogleich im Gedächtnis haften blieben und die meine Phantasie anregten. So der Name des Schweizer Ortes, in dem Victoria die vier Jahre verbracht hatte. Ich fand ihn drollig und zerbrach mir, beim leisen Nachsprechen, die Zunge an ihm. Auch Genf wurde erwähnt und viele Personennamen, von denen ich einige aus der Zeitung kannte.

Der Pfarrer hatte uns verlassen. Es schien mir, da der hellharte Blick seiner stahlblauen Augen fort war, ein bißchen dunkler geworden zu sein. Vom Dorf her klangen die Glocken der kleinen Kirche. Um die Gegend des Sees herum stiegen Nebel auf.

„Früher", erklärte meine Cousine mir, „waren das alles Sümpfe hier. Sümpfe, die vielleicht ein heißes Jahrzehnt austrocknete. Dann Urwald. Aber zuerst Sümpfe."

Ich erinnere mich sehr gut, daß ihre Worte, so vernünftig sie waren, mir einen ganz kleinen, mehr wohlig spannenden als schreckenden Schauder einflößten.

„Wirklich?" fragte ich neugierig, „lauter Sümpfe?"

„Natürlich", erwiderte sie trocken, „der Schrotsee ist ja ein Rest davon." Das war der See, an dem ich vorher von weitem vorübergefahren war. Er gehörte zu Victorias Besitzung.

„Wenn du etwa Lust zu angeln hast?" fragte sie. „Mir ist das zu langweilig. Robert hat gestern nachts Netze ausgelegt."

„Nachts?" fragte ich, „macht man das immer nachts?"

„Ich weiß nicht", antwortete sie, versonnen und beinahe etwas mürrisch, „natürlich nachts. Das wird wohl am besten sein, wenn die Fische dann alle schlafen."

Da ich lachen mußte, sah sie mich freundlich an und lachte mit. Dann machte sie eine fahrige, rudernde Bewegung mit den Armen, stand auf und sagte: „Nun komm, wir wollen ein bißchen gehen." Wir gingen zum See hinunter. Victoria summte etwas vor sich hin. Ab und zu bückte sie sich und pflückte am Rande des Roggenfeldes Mohn- und Kornblumen.

„Die stellen wir nachher in dein Zimmer, wenn du sie magst", sagte sie und summte dann ihre Melodie weiter. Sie war auf eine stille Weise mit sich, mit ihren Gedanken beschäftigt. Wenn sie etwas sagte, sah sie mich selten dabei an. Tat sie es dennoch, geschah es mit einem Ausdruck plötzlicher Aufmerksamkeit, gleichsam freundlichen Erstauntseins über meine bis dahin ignorierte Anwesenheit. So kam ich bald dazu, sie für etwas zerstreut zu halten.

Schon von weitem hatte ich auf dem See ein Ruderboot bemerkt. Victoria erklärte mir, wer die Insassen waren. Der große Junge, der mit langen, gleichmäßigen Schlägen ruderte, war Robert, der Gärtnerbursche. Sein Vater besaß große Mustergärtnereien, eine dreiviertel Stunde mit dem Wagen von hier entfernt. Das Mädchen, das steuerte, war Isolde Perbom, die Nichte des Pfarrers, den ich bei meiner Ankunft kennengelernt hatte, Tochter eines pensionierten Landrats.

Die Kinder winkten uns zu. Wir gingen zum Anlegesteg und erwarteten sie dort. Isolde stieg zuerst aus. Sie bat mich dabei um meine Hand. Als sie sie nahm, lächelte sie. Es war ein freundliches Lächeln, das ihr eine gewisse Reife gab. Ich hielt sie für fünfzehn Jahre alt, Robert, der sechzehn – oder vielleicht schon siebzehn – Jahre alt war, sprang nach ihr aus dem Boot. Er war sommersprossig, rotblond, und sein Gesicht trug den Ausdruck einer wilden Scheu.

Victoria behandelte die beiden als Erwachsene. Aufmerksam hörte sie Isoldes Bericht, wie sie ins Schilf geraten waren und wie sie lange vergebens sich gemüht hätten, wieder loszukommen. Aber Robert hatte es ihr mit der Strömung erklärt, die dort herrschen sollte. Der See stand über einen anderen See mit der Havel in Verbindung. Victoria warnte sie zerstreut vor dem Schilf.

Wir gingen den See entlang. Er war unbewegt, von Nebeln bedeckt. Sehr weit in der Ferne ahnte man das Ufer.

„Dahinter ist ein großer Kiefernforst", erklärte Victoria, die meinem Blick gefolgt war, „ich habe ihn neulich verkauft."

Ich beobachtete Robert. Er schwieg. Während Isolde über das Schilf berichtete – mit vielen Details –, schritt er unwillkürlich schneller aus, als wollte er vermeiden, in die Unterhaltung gezogen zu werden. Sein mageres Gesicht hatte etwas Verschlossenes. Sein Ausdruck war zugleich wild und scheu, zugleich intelligent und ein wenig verschüchtert. Es zeigte eigentlich viele Vorbedingungen, unsympathisch zu wirken, aber es wirkte nicht so – trotz hochstehender Backenknochen, eines unsteten Blicks graublauer Augen und einer rotblonden Mähne über einer allerdings wohlgeformten Stirn. Er schwieg, als Isolde sprach. Ihr Sprechen war ein ängstliches Verhüllen. Was mich wunderte, war, daß Victoria das nicht zu bemerken schien. Diese Kinder – „Kind" nur noch in ihrer Abhängigkeit – hatten ein Geheimnis zu hüten. Es war klar, welches. Ich fühlte mich ihnen spontan verbündet in Mitleid. Das klingt seltsam. Aber mit dreizehn Jahren kann man noch eine milde, fast göttliche Überlegenheit über die Übel des Geschlechtes beweisen, die man bereits ahnt, theoretisch auch kennt – eine süße Überlegenheit, die noch lange zu dauern keineswegs bestimmt ist.

Victoria bat Robert oft, mit ihr zu essen – ein wenig zum Verdruß ihres Gärtners Berthold, bei dem Robert volontierte und der glaubte, daß diese Mahlzeiten nur dazu dienen könnten, Roberts Stolz und Auflehnung zu nähren. Victoria wußte wohl, warum sie, wenn irgend möglich, mit Robert aß. Er war, wie sie mir erklärte – aber das war ein paar Tage später –, „ein Mensch von geistigen und künstlerischen Interessen", der sein Gärtnertum nur einer bösen Laune seines Vaters verdankte. Ich erfuhr, daß sein Vater, der Inhaber großer Mustergärtnereien, ihn gegen seinen Willen zwang, Gärtner zu werden, während er doch ganz offenbar Lust und Talent zum Bildermalen bewies und vorerst gern in der Schule, aus der ihn sein Vater herausgenommen hatte, geblieben wäre. Robert war bis vor einem halben Jahr in einem Landerziehungsheim erzogen worden. Seine Eltern hatten in Scheidung gelebt, man hatte das Kind der Mutter zugesprochen, die sich aber, da eine ungeheure Reiselust sie packte, nicht imstande sah, selber dem Knaben eine störungsfreie Erziehung zu geben. Als nun vor kurzem die Mutter auf einer ihrer Reisen plötzlich starb, stellte sich heraus, daß sie Robert keinerlei Besitz hinterließ. Dieser Umstand erteilte Roberts Vater die Sorge um seinen Sohn. Er machte es sich leicht, indem er ihn kurzerhand aus der Landschule, die ihm instinktiv unsympathisch war, zurückholte, ihn in einen Overall steckte und zu gärtnerischen Arbeiten anhielt. Derlei Arbeiten waren ihm nun von der Landschule her vertraut; in den väterlichen Gärten jedoch und unter der nörgelnden Aufsicht des Vaters widerstrebten sie ihm. So empfand er es schon als Erleichterung, in einem fremden Besitztum arbeiten zu dürfen.

Victorias alter Gärtner, Berthold, war ein schlichter Mann, der Roberts Vater um dessen unglücklicher Ehe willen bedauerte und der in Robert nichts als einen unfolgsamen, durch eine leichtsinnige Mutter verdorbenen Sohn sah, der im übrigen seine guten Seiten haben mochte. Er bekümmerte sich nicht allzuviel um seinen Volontär. Schließlich sah er in ihm auch den Erben einer der vollkommensten Gärtnereien, die es mit denen in Erfurt wohl aufnehmen konnte. – Daß Victoria Robert so sichtbar auszeichnete, hielt er freilich für eine falsche Methode der Erziehung. „Sie setzt dem jungen Menschen", so äußerte er sich zu seiner Frau, „nur Rosinen in den Kopf." In der Tat war Robert ziemlich frei, was zwar nicht mehr bedeutete, als daß er über viel freie Zeit verfügte.

War der Fall Roberts problematisch genug, so schien der Isoldes zunächst ganz einfach zu liegen. Sie ging in Potsdam zur Schule (in die Untersekunda), die sie von ihrem väterlichen Hause aus mit dem Autobus in einer halben Stunde erreichte. Vor einem halben Jahr hatte sie bei einem Besuch mit ihrem Onkel auf dem Gut Victorias Robert kennengelernt. Robert, der außer mit Victoria mit niemandem sonst sprechen konnte, teilte sich in einer sonderbar weichen Stimmung Isolde mit, sprach in großen Worten von seiner Verbannung, seiner Schule, den Freunden, die er dort zurückgelassen hatte, und von seiner Sehnsucht nach Freiheit. Er führte sie in sein Zimmer, eine Dachkammer, die nicht unfreundlich ausgestattet war und Bilder, Bücher, Fotos, Tagebücher und Reliquien mancher Art barg. Er zeigte Isolde Bilder und Skizzen. Isolde ersah nicht viel daraus, sie verstand nichts von Bildern. Sie beschränkte sich darauf, „ah" und „hübsch" zu sagen oder die Perspektive zu kontrollieren. Vor einer Zeichnung – sie stellte ein klassisches Motiv dar, einen kleinen Jungen rittlings auf den Schultern eines Älteren (Faun und Bacchus) – verweilte Isolde besonders lange, sei es, daß ihr im Moment kein neuer Ausruf der Zustimmung einfiel – sei es, weil ihr das Thema gefiel. Robert betrachtete sie leise lächelnd. Plötzlich wandte sie den Kopf ihm zu und errötete. Da küßte Robert sie.

Diese Geschichte vom Ursprung ihrer Beziehung erfuhr ich natürlich nicht schon an jenem Abend, an dem wir mit Victoria am Seeufer spazierengingen. Ich hörte sie während späterer Aufenthalte bei Victoria, wobei mein neugieriges Interesse und ihre freundschaftliche Sucht, sich mitzuteilen, sich glücklich begegneten.

II.

Der nächste Mittag vereinte Isolde, ihren Vater, Herrn Perbom, und Robert an unserem Tische.

Ich hatte Zeit, Isolde Perbom, die mir gegenübersaß, zu betrachten. Sie war ein bezauberndes Gemisch von Kindlichkeit und Reife. Ihre Kindlichkeit war nicht Unreife, sondern Zartheit. Sie war aus Zartheit empfindsam, aber unverwöhnt, und sie war zu tapfer, um sehr kokett zu sein. Was ihre Reife betraf, so bestand sie offenbar in einer gewissen Güte, einer Art Schmerzerfahrenheit, die erstaunlich gewesen wäre für ein so junges Mädchen, wenn sie erworben sein sollte. Doch offenbar gibt es angeborene Erfahrungen, Erfahrungen von vergessenen Vorfahren.

Ihr Vater, der Landrat a.D. Perbom, schien von einer anderen Rasse zu sein als sie. Er trug seinen Quadratschädel mit viel steifer Würde; das Haar darauf war kurz geschnitten, gescheitelt und mit Pomade streng nach hinten gekämmt. Er sah sehr preußisch aus.

Seine Unterhaltung trug einen stark axiomatischen Charakter. „Das ist", „das wird", „das muß", „wie sich erweisen wird", – diese Formeln kehrten ständig in seiner Konversation wieder, von einem harten Kopfnicken begleitet. Dieses Nicken beunruhigte mich, weil es sich in der Richtung von unten nach oben vollstreckte. Er hielt zumeist den Kopf leicht gesenkt, um ihn plötzlich nach oben zu stoßen.

Robert hatte etwas Zerfahrenes, Scheues, Plötzliches. Er konnte in überraschend gewinnender Weise lächeln, mit einem Lächeln, das in seiner Plötzlichkeit wie ein sehr leichter elektrischer Schlag wirkte. Victoria pflegte von ihm zu sagen: „Er ist wie April."

Damit komme ich zu Victoria. Genauer gesagt, zu dem Erinnerungsbild, das ich von ihr, wie sie damals war, habe. Sie war so, daß ich ein wenig Mitleid mit ihr empfand. Mitleid und Bewunderung und etwas Belustigung. Sie sagte sehr oft Dinge, die mir überaus witzig, geistvoll und charmant erschienen. Aber es war eigentlich niemand da, der sie hörte. Diese Gesellschaft bei Tisch auf Wolkin scheint mir keineswegs eine sehr empfängliche Zuhörerschaft für ihre Anekdoten, ihre Einfälle, ihre Vergleiche, ihren ganzen traurig gestimmten Humor gewesen zu sein. Arme Victoria, wieviel Geist und Liebenswürdigkeit du an eine verständnislose Gesellschaft verschenktest! Es gibt nichts Trostloseres anzusehen. Zuweilen erfror ihr Lächeln plötzlich. Sie hatte bemerkt, daß sie ins Leere gesprochen hatte.

So wenig diese Spiele Victorias Herrn Perbom sagten, so störten sie ihn immerhin doch nicht. Er schwieg höflich, solange Victoria sprach, setzte ein Lächeln auf, in dem sich Nachsicht mit Verachtung mischte, und setzte seine Gedankenreihe da fort, wo er sie gezwungenermaßen unterbrochen hatte. Allein Isolde hing an Victorias Lippen. Aber sie liebte Victoria nicht. Sie fürchtete, daß Victoria ihr Robert abspenstig machen könnte. Sie hielt sie für eine dem armen, unerfahrenen Robert sehr gefährliche Frau, für eine Art Verderberin der Jugend. Das erheiternde Moment war ihre eigene Unschuld dabei. Aber ihre angeborene

Liebenswürdigkeit ließ sie diese ihre böse Meinung und Eifersucht soweit verbergen, daß sie ihr selbst kaum zum Bewußtsein kam.

Einen allerdings gab es, der Victoria ein ebenbürtiger Partner war, das war Dr. Kindsberg, der Schwager Perboms, der Pfarrer, den ich bei meiner Ankunft kennengelernt hatte. Nicht, daß er ein Mann glänzender Konversation gewesen wäre – seine intellektuellen Meriten lagen anderswo –, aber doch jemand, der nicht nur Verstand und Geschmack, sondern auch Gefühl für Victoria und ihren zuweilen etwas barokken Humor hatte.

Dr. Andreas Kindsberg erschien nach dem Essen, um eine Tasse Kaffee mit uns zu nehmen. Sein Schwager begrüßte ihn mit einer Mischung von Respekt und Mißvergnügen. Er hielt den Pfarrer für nicht ganz zuverlässig in politischen Dingen – sehr schlimm in diesen Zeiten, wo das Unterste zu oberst gekehrt würde, wie er sagte –, aber gleichsam widerwillig beugte er sich doch vor seiner Überlegenheit.

Dr. Kindsberg war gewiß der merkwürdigste Geistliche, den man sich vorstellen konnte. Von scharfer Intelligenz, einer asketischen Strenge der eigenen Lebenshaltung und einer großen inneren Bereitschaft für alle Verirrten und Bedürftigen – schien er eher ein ausgezeichneter katholischer Geistlicher zu sein. Nun, er war überzeugter Diener der protestantischen Kirche. Außerdem war er ein guter Naturwissenschaftler – schon wegen seiner Verehrung für Goethe –, kannte sich aus in der modernen Physik und war der Verfasser eines Büchleins über den Mathematiker Poincaré. Als ich ihn einmal besuchte, fand ich auf seinem Schreibtisch Bücher, deren Titel ich mir mechanisch einprägte und die erst Jahre später für mich die Bedeutung von etwas Lebendigem erhielten: Bücher von Sigmund Freud und das damals von allen gelesene Buch Spenglers über den Untergang des Abendlandes.

Isolde schien ihm auszuweichen. Immer, wenn sein gerader, heller Blick sie traf – jener Blick, von dem Victoria ihm schmeichelnd sagte, er allein erleuchte ihr schon ihr Inneres und mache, daß sich das Böse vom Guten, das Falsche vom Richtigen abhob – wich sie ihm aus und schlug die Augen nieder. Tatsächlich fürchtete Isolde sich vor ihm. Ihm und nicht ihrem Vater schrieb sie die Macht zu, ihre geheimen Gedanken – und Taten zu enträtseln. Als Kind hatte sie, wenn man in der Religionsstunde – oder ihre Mutter – von Gott sprach, immer das Bild ihres Onkels vor sich gesehen. Was sie für ihn empfand, war nicht eigentlich kindliche Liebe. Es war eher Furcht, eine Furcht, die nicht ganz frei war von der Wollust, die im Gehorchen und Sich-Unterwerfen liegt. Je länger Isolde über dieses Gefühl nachdachte, verlor es indes seinen religiös-patriarchalischen Charakter. Es zeigte einen ungeheuerlichen, einen sündhaften Aspekt. Sie half sich dagegen, indem sie es tapfer verleugnete, es kindlich auf die Furcht vor Strafe reduzierte und – in dem Empfinden, daß sie ohnehin jeden Anspruch auf ein Leben in Unschuld verwirkt habe und es auf ein paar Grade mehr oder weniger im Sündenfall nun nicht mehr ankommen dürfte – ihr Herz nur um so mehr dem jungen Robert zuwandte. War sie dann mit Robert zusammen, gab es Minuten, in denen sie sich plötzlich weit über ihre Jahre hinaus als alt, als mütterlich empfand. In einer Art zärtlichen Spotts streichelte sie sein Haar. Erstaunt sah er auf. „Was weiß er von mir ...?" dachte sie.

III.

Am nächsten Morgen fühlte ich, als ich aufwachte, ein unbestimmtes Glück. Dieses Glück durchdrang mich ganz. Ich ging ans Fenster und sah Robert im Garten, wie er Berthold half. Ein Mädchen aus der Küche ging umher und pflückte Tomaten. Das Fensterbrett war glühendheiß von der Sonne. Ich zog die Hände zurück und beschloß, gleich nach dem Frühstück an den Schrotsee zu gehen.

Ich fand Victoria auf der Terrasse. Sie trug ein zartes Sommerkleid und sah merkwürdig blaß aus. Gern hätte ich sie gefragt, warum sie traurig sei, aber ich wagte es nicht, statt dessen fragte ich sie nur, ob sie mit mir schwimmen wolle.

Wir wollten Robert mitnehmen und riefen nach ihm, aber er war nicht mehr im Garten. Berthold sagte uns, er sei angeln gegangen. Auf dem Wege zum See erklärte mir Victoria, sie sei zu müde, um zu schwimmen. „Du glaubst nicht", sagte sie und lachte dabei, „wie mir altem Frauenzimmer die Hitze zusetzt." Sie setzte sich, wie in plötzlicher Erschöpfung, auf einen

Feldstein. „Wenn ich da heute hineingehe", sagte sie und wies auf den See, „bin ich zu schwach, um mich wieder zu trennen. Findest du nicht, daß das schade wäre, da ich doch so lieben Besuch habe" – ich lächelte vergnügt – „und sogar noch welchen erwarte."

„Du bekommst Besuch?" fragte ich erfreut und neugierig und lobte im stillen diese Sommerferien. „Bitte sag mir, wer kommt! Und bleibt er lange?"

„Ich glaube nicht, daß er lange bleibt." Victoria senkte die Stirn. Ihr dunkles Haar glänzte rötlich in der Sonne.

„Und wer ist es?" fragte ich, beschämt über die eigene Neugier.

„Ein Dichter", sagte Victoria. Sie hob den Kopf und runzelte die Brauen über ihren großen und klaren braunen Augen, die ein wenig kurzsichtig waren.

„Ein Dichter?" fragte ich ziemlich fassungslos und dachte – Gott weiß, warum – an Namen wie Ludwig Uhland. „Ein moderner Dichter?" fragte ich und stieß den Namen Ludwig Uhland wieder in die Tiefe. Victoria lachte über ihr ganzes, etwas starkknochiges Gesicht. Dieses Lachen klang ungemein herzlich. In ihren großen Augen funkelte dabei etwas Gold auf. „Modern? Frag ihn selbst! Ich glaube, ihr werdet euch vertragen."

„Wie freue ich mich!" sagte ich. „Ich habe noch nie einen Dichter gesehen." Victoria stand auf. Sie lachte noch immer, aber dabei fiel mir auf, wie leidend ihr Gesichtsausdruck war. „Ich gehe nun lieber zurück", meinte sie, „ich habe noch zu tun. Seid pünktlich bei Tisch."

Ich sah ihr nach. Ihre Bewegungen waren hastig und unsicher. Sie ließ ihren Bademantel fallen und bückte sich. Ich wollte ihr zu Hilfe eilen und ihre Sachen zurücktragen, aber bevor ich sie eingeholt hatte, sagte sie: „Laß nur, geh du jetzt schwimmen." Während der ganzen Zeit aber hatte sie sich nicht umgedreht. Der Klang ihrer Stimme hatte etwas Ersticktes.

Dann ging ich zum See hinunter. Ich sah das Boot mit Robert und Isolde, das gut hundert Meter vom Ufer entfernt war. Das Wasser war so still, daß das Boot völlig ruhig lag. Robert hielt die Angelschnur. Als er sie hochzog, hing etwas Winziges, silbern Zappelndes in der Luft. Ich hörte Isolde entzückt aufschreien. Dann griff sie nach dem Beweglichen, nahm etwas Flaches in die Hand und schlug damit auf das Silbrige, das aufhörte zu zappeln.

Ich zog mich um und schwamm auf das Boot zu. In dem Moment, als ich ins Wasser lief, erkannten mich die beiden. Isolde winkte mir zu. Robert warf von neuem die Angelschnur aus. Er saß unbewegt, in einer gespannten Ruhe. Als ich am Boot war, nickte er mir wie zum Gruße zu. Isolde zog mich hinein.

Der Fisch lag auf den Brettern des Boots. Die Kiemen bebten ein wenig, und zuweilen schlugen mit einer ganz kleinen, aber scharfen Bewegung die Flossen das sonnentrockene Brett.

„Es kommt Besuch", sagte ich, stolz, ihnen als erster die Überraschung mitteilen zu können.

„Deswegen hetzt du so durchs Wasser?" spottete Isolde. Ich hatte von meiner „Crawl"-Technik eigentlich ein anderes Urteil erwartet als dieses „hetzen".

Aber ich beschränkte mich zu erklären: „Es ist ein Dichter."

„Wirklich?" fragte Isolde nur.

Robert sah weiterhin geradeaus, so, als hätte ich gar nicht gesprochen. „Könntest du mir eine Zigarette geben?" fragte er in Richtung der Angelschnur. Isolde entnahm einem hölzernen Etui eine Zigarette, die sie sich selber ansteckte und dann Robert zwischen die Lippen schob. „Danke", murmelte Robert und sog den Rauch kräftig ein.

Niemand sprach mehr. Diese Schweigsamkeit ermüdete mich sehr. Überdies hatte ich geglaubt, daß Liebende immer sehr viel einander mitzuteilen haben. Daß diese hier so beharrlich schwiegen, enttäuschte mich und ließ mich beinahe an ihrer Liebe zweifeln. Das Unbequemste aber war der strikte Befehl, sich nur ja nicht zu bewegen, um das Boot nicht zum Schaukeln zu bringen. Dennoch fiel es mir schwer, mich von ihnen zu trennen. Ich glaube, ich hatte mir vorgenommen zu prüfen, wie lange zwei Menschen es fertigkriegen, nichts zu sagen. Jedenfalls strengte mich diese Prüfung so an, daß ich plötzlich auf den Planken des Bootes eingeschlafen war. Als ich wieder aufwachte, fühlte ich die Sonne auf meinem Rükken brennen. Ich bewegte mich, das Boot geriet ganz prächtig ins Schaukeln, und Robert legte gerade die Angelschnur ins Boot.

„Gut geschlafen?" fragte er mich und grinste vergnügt.

„Danke", sagte ich etwas beschämt, „ganz gut."

Ich fühlte mich etwas schwindelig. Als ich mich aufrichtete und Atem holte, verging es. Robert griff nach den Riemen und ruderte. Isolde sprang vom Bug ins Wasser und schwamm vor uns her, Delphin oder Meerjungfrau – und wir folgten, Verfolger oder Gefangene, langsamer im ungetümen Kahn.

Der Dichter wurde zum Abend erwartet. Außer ihm sollte nur Dr. Kindsberg kommen, abgesehen von Robert, der zur Familie rechnete. Ich war sehr neugierig auf den Besuch, zumal ich inzwischen von Victoria erfahren hatte, daß es der Dichter Anton Mühsal war, den Victoria aus ihren Schweizer Jahren kannte.

Jemand in meiner Klasse gab eine literarische Schüler-Zeitschrift heraus, die hektographiert wurde, und in dieser admirablen Zeitschrift hatte ich Verse von Mühsal gelesen, die mich begeistert hatten. Ich erblaßte vor Erregung, wenn ich jetzt an das neidische Erstaunen meiner Kameraden dachte, denen ich in ein paar Wochen von meiner neuen Bekanntschaft erzählen würde. Ich nahm mir vor, ihn recht genau zu betrachten, um ihn meinen Freunden eindringlich schildern zu können.

Ich wusch mir im Badezimmer Gesicht und Hände und zog den Scheitel nach. Als das Wasser nicht mehr rauschte, hörte ich aus dem Zimmer Victorias, zu dem man durch eine Tapetentür Zutritt hatte, eine Stimme. Ich dachte zuerst, daß Victoria vielleicht mit dem Mädchen spräche. Als ich hinausgehen wollte, wurde die Stimme, es war Victorias Stimme, lauter. Etwas an dieser Stimme beunruhigte mich sehr. Ich denke mir, es war das Ungereimte, das jede monologisierende Stimme hat: die Stimme ohne Zuhörer.

Denn das wurde mir klar: Victoria führte ein Selbstgespräch. – Oder doch nicht? Es schien mir, als riefe sie jemandem eine Bitte zu. Plötzlich verstand ich ein paar Worte, die sogleich in Gemurmel erstickten: „Quäl mich nicht zu sehr –!"

„Quäl mich nicht zu sehr!" Wer quälte sie denn? Ich streckte die Hand nach der Klinke aus, die mir die Tür zu Victorias Zimmer öffnen würde. Da hörte ich ein Aufschluchzen. Mutlos ließ ich die Hand sinken. Ich stützte mich auf die Wanne, mir war schwach in den Knien.

Dann ging die Tür auf. Victoria kam. Sie sah wundervoll aus, mit sehr roten Lippen in einem Gesicht, das von leuchtender Blässe war. Ihre Augen waren groß und schön. Das Haar fiel in großer Locke rechts in die Stirn. Alles an ihr war von großem Zug.

Sie erkannte mich und lächelte verwirrt. „Mein Kind?" fragte sie. Ohne eine Antwort von mir zu erwarten, stellte sie sich neben mich vor den Spiegel.

„Heut sehen wir hübsch aus, nicht wahr?" fragte sie mich. Sie lächelte dem Spiegel zu.

Ich sagte: „Du bist sehr schön." Und obwohl dieses Urteil ihr nur lächerlich – oder rührend vorkommen mochte, schenkte sie mir ein beglücktes Lächeln. Dann löste ein Geräusch, das sie aufhorchen machte, ihren Blick von mir. Es war der Wagen, der über den Kies fuhr. Mir schien, Victorias Gesicht wäre auf einmal noch blasser geworden.

IV.

Anton Mühsal saß mir gegenüber. An ihm, dem Dichter, fand ich alles bemerkenswert. Er hätte tun und sagen können, was er nur wollte, ich hätte es schön und bedeutsam gefunden.

Er schien mir sehr elegant zu sein, salopp elegant. So auch in Stimme und Gehaben. Diese Stimme schleppte, war etwas geziert, etwas künstlich verlangsamt, sehr bedacht, die Pointe hinauszuzögern. Der Mund war – vom Reden, dachte ich – etwas zu breit, dabei wurde er nie ganz geöffnet. Im ganzen hatte sein Gesicht etwas Listig-Verschlagenes. Er schien nur wach zu sein, wenn er sprach. Sein Alter schließlich war ganz unbestimmbar. Sein Typ war jugendlich, aber man sah, daß ihn das Leben mitgenommen hatte.

„Eine sehr komische und sehr anstrengende Fahrt", schilderte Herr Mühsal seine Reise nach Wolkin, „aber was tut man nicht, um seine alten Freunde wiederzusehen!" Er betonte beidemal das „sehr" in singender Art und schlug leuchtende Augen zu Victoria auf. Aber es war nur das Leuchten der Eitelkeit. Er erschien mir so verwöhnt, daß ich – ein Kind – das Bedürfnis empfand, ihm Freundlichkeiten zu erweisen. Victoria indes hing ihm, wie man sagt, am Munde, an diesem etwas zu breiten und nicht ganz geöffneten Munde. Am liebsten erzählte er ununterbrochen, so daß Victoria ganz um ihre humor- und geistvollen Repliken und Einwürfe kam. Es war überhaupt erstaunlich, wie wenig Victoria es heute darauf anlegte, zu glänzen, heute, wo es doch augenscheinlich die Mühe gelohnt hätte. Im Gegenteil, sie beschränkte sich darauf, mit glänzenden Augen Anton Mühsal zuzuhören und ihn zu weiteren Berichten zu ermuntern. Nun, er hatte Geschichtchen mit aller Welt und in aller Welt erlebt. Er erzählte von Oberkellnern, von Politikern und deren Aussprüchen in intimem Kreise, von berühmten Frauen, von Weinsorten – er lobte die, die man trank – von Paris, das er als reizende Provinzstadt mit Sehenswürdigkeiten und internationalem Fremdenverkehr bezeichnete. Er lächelte mich an, doch mit dem Instinkt, den man in diesem Alter für das Zärtliche hat, spürte ich, wie wenig dieses Lächeln mir galt. Es war sozusagen ein rein abstraktes, ein formales Lächeln, mechanisch und gefallsüchtig an jedermann ausgeteilt.

„Erzählen Sie von Paris", bat Dr. Kindsberg mit einem Lächeln leichter Amüsiertheit. Er hatte vor dem Kriege dort ein Urlaubsjahr verbracht, das er benützt hatte, um jenes Buch über den Mathematiker Poincaré zu schreiben. „Wo haben Sie gewohnt?"

„Im Montmartre. Im ältesten Montmartre, wo noch gar keine Amerikaner sind."

„Amerikaner? Was meinen Sie?"

„Dieselben, die den Krieg entschieden haben, Euer Hochwürden, Söhne eines tapferen Mischvolks."

„Und die wohnen in Paris?"

„Sie bevölkern es geradezu. Sie verdrängen die Sprache der Einheimischen. Nur auf der Bühne und, wie man sagt, in der Kirche wird noch Französisch gesprochen."

Victoria lachte. Endlich sah sie glücklich aus.

„Reizend!" rief sie über den Tisch. Wirklich, sie rief es.

„Es ist eine Art friedlicher Invasion", erklärte Mühsal, „die sich auf den ganzen alten Kontinent erstreckt, soweit er dem Fremdenverkehr zugänglich ist. Eines Tages werden wir in Wolkin Amerikaner finden."

Dies war der erste Abend meines Lebens, an dem ich betrunken war. Nicht nur die Poesie, sondern auch der Alkohol traten erstmalig in mein Leben. Es war ein roter Bordeaux, unterbrochen von einem artigen Chablis.

Vergnügt toastete ich dem Dichter zu, der gerade über Ethnologie auf die Genealogie europäischer Dynastien gekommen war. „Ein Thema für Perbom", fand Victoria. Robert zuckte angesichts dieses Namens zusammen. „Auf Isoldes Wohl", flüsterte ich ihm, der neben mir saß, zu. Mir schien, als fixierte mich plötzlich der Pfarrer. Aber dann zwickte mich Robert, in einer scherzhaften Wut, ins Bein, und ich vergaß diesen merkwürdigen Blick Dr. Kindsbergs.

Weil ich mich nicht wohl fühlte, begleitete mich Robert hinaus.

„Das kommt davon, wenn Kinder zu trinken anfangen", spottete er und zog mich durch den Garten. „Das beste ist, du gehst gleich zu Bett."

Das aber wollte ich unter keinen Umständen. „Nicht zu Bett", flüsterte ich aufgeregt, „dann muß ich bestimmt sterben."

Robert glaubte es nicht. „Unsinn", meinte er, „davon stirbt man noch lange nicht."

Wir kamen an den See. „Ich möchte rudern", sagte ich, „bitte, laß uns etwas rudern. Mir geht es auch schon viel besser." Und damit sprang ich mit einer Behendigkeit, die Liebe oder Furcht oder Alkohol verleihen, ins Boot.

„Verflucht", sagte Robert und sprang nach. Ich ruderte. Das Boot war ohne Steuerung, und wir drehten uns im Kreise.

„Gib her, wenn wir schon rudern, dann bitte geradeaus."

Ich gab ihm die Riemen.

„So schön", sagte ich.

„Was?"

„Das Wetter." – Es war stockfinster. Der See war von einer blassen, milchigen Bläue.

Robert lachte. „Du sprichst im Rausch."

„Man müßte immer berauscht sein können!" antwortete ich.

Robert schwieg. Ich sah ihn mehr im Umriß als im Einzelnen. Ich tauchte meine Hände ins Wasser. Es war lau-kühl.

„Neumond", sagte Robert.

„Man müßte nie mehr umkehren."

„Du hast doch keinen Grund, das zu sagen", meinte Robert nach einer Weile.

Ich hatte keinen Grund und fand es doch. Ich war in einer leidenschaftlichen Weise traurig, in einer pathetisch-seligen Untergangsstimmung. Ganz leise wiederholte ich: „Ich möchte nicht umkehren."

Plötzlich fragte mich Robert, während er gleichmäßig ruderte: „Sag mal, – du bist doch ein gescheiter Kerl im übrigen, was hältst du eigentlich von Isolde?"

„Von Isolde? Ach, Robert, wie soll ich das wissen? Sie ist eben ein Mädchen und sehr in dich verliebt."

„Ja?"

„Das weißt du doch ganz genau. Warum fragst du mich?"

Robert schwieg.

„Warum fragst du mich?" beharrte ich.

„Ich habe heut abend Victoria gesehen, weißt du. Das ist eine Frau, die liebt."

„Glaubst du? Natürlich. Ich habe es gleich gesehen. Sie ist in diesen Dichter verliebt."

„Sie ist wundervoll."

„Ja. Sie ist wundervoll. Das ist genau das, was ich den ganzen Abend über dachte. Wie wundervoll sie ist."

„Isolde ist süß, weißt du. Aber sie ist ein kleines Mädchen."

„Sag nichts gegen Isolde."

„Wollen wir umkehren? Wir sind fast am Ufer. Da ist der Wald."

„Ich möchte in den Wald, ich möchte im Wald schlafen."

„Nein. Wir kehren um."

„Ich möchte schwimmen."

„Ich habe keine Lust, dich wieder herauszuholen."

Plötzlich schlief ich ein. Ich schlief ein, weil es gleich war, ob man die Augen auf hatte oder nicht. Im Schlaf hörte ich die gleichmäßigen Ruderschläge Roberts.

„Nicht mehr umkehren", träumte ich und schlief.

„Los, steh auf", sagte Robert, „wir sind da."

Sofort war ich wach. Hatte ich geschlafen? Robert machte das Boot fest. „Fall nicht ins Wasser", warnte er mich. Ich torkelte über den Bootssteg. Ich hörte Stimmen. Victoria mit Herrn Mühsal und Dr. Kindsberg erschienen. – „Wir haben euch gesucht", sagte Victoria, „wo wart ihr nur? Was für ein Leichtsinn, sich bei Nacht auf dem Wasser umherzutreiben!"

„Aber sie leben ja noch", sagte Herr Mühsal.

Er rauchte eine Zigarre. Die glimmende Zigarre beleuchtete ein amüsiertes Lächeln. Dr. Kindsberg schwieg.

Ich war wieder ganz wach geworden. Langsam gingen wir durch die Nacht dem Hause zu. Einmal stolperte Victoria. Da nahm Mühsal ihren Arm.

„Eine herrliche Nacht", sagte Victoria. Niemand antwortete ihr. Einmal streifte sie in der Dunkelheit einen Arm. Es war der des Pfarrers.

„Wo waren Sie?"

„Ich dachte an Paris", sagte er. „Ich glaube, ich werde wieder Urlaub nehmen und hinüberfahren."

Dr. Kindsberg nahm häufig Urlaub. Ab und zu fuhr er sonntags nach Potsdam, um in der Garnisonkirche seinen Dienst zu erfüllen. Seine Sonntagspredigten hatten übrigens keinen besonderen Ruf. Sie entbehrten der Rhetorik und ließen die Herzen der Zuhörer kühl. Dennoch schätzte die Kirche ihn sehr. Man hatte ihm hohe Ämter und Titel angeboten. Er hatte sie ausgeschlagen, weil er, wie er behauptete, ohne

Ehrgeiz sei. Sein Einfluß in der Synode war groß. Da er privat vermögend war, überließ er die Einkünfte aus seiner kirchlichen Tätigkeit den evangelischen Wohlfahrtsorganisationen. Einige seiner Kollegen sagten ihm enge Beziehungen zur Politik nach.

„Sie wollen mich doch nicht verlassen?" fragte Victoria. „Paris? Haben Sie wirklich Sehnsucht?"

Dr. Kindsberg antwortete nicht.

Als wir zu Haus ankamen, verabschiedeten sich Robert und Herr Mühsal. Sie gingen in ihre Zimmer. Ich stahl mich in das Speisezimmer, wo noch alles wie vorher war, unaufgeräumt. Dort suchte ich mir mein halbvolles Glas und nahm es mit in mein Zimmer, um mir einen Nachgeschmack der köstlichen Trunkenheit zu bewahren, die ich empfunden hatte.

Die Tür zum Musikzimmer war angelehnt. Dort saßen Victoria und Dr. Kindsberg. Ich hielt mein Glas in der Hand, bereit, mich gleich wieder zurückzuziehen. Da hörte ich die beiden Stimmen und wurde fast wider Willen Zeuge eines kleinen Dialogs.

„Ich fahre morgen ohnehin nach Berlin. Mein Urlaub war lange vorbereitet. Man wird mir, vermute ich, einen Auftrag für Skandinavien geben. Ich werde dann über Paris fahren. Das ist natürlich ein Umweg."

„Sagen Sie, mein Lieber, was zieht Sie denn nach Paris? Bin ich sehr indiskret?"

Ich hielt den Atem an vor Furcht, bemerkt zu werden. Nervös nippte ich an meinem Glas. Schweigen. Endlich: „Nein. Ich war dort einmal glücklich."

„Glücklich?"

„Das wundert Sie sehr?"

„Ich weiß nicht. Warum sollten Sie nicht einmal glücklich gewesen sein? Wie ich Sie beneide! Und – werden Sie wieder glücklich sein?"

„Sie fragen zuviel."

„Verzeihen Sie mir, bitte. Es ist nur schade, daß Sie gerade jetzt gehen. Das macht mich traurig. Ich hätte Sie vielleicht gebraucht. Sie mögen wohl gesehen haben, daß ich – wie Sie – auf der Suche nach einem verlorenen Glück bin. Aber ich finde es nicht wieder. – Nein, sagen Sie nichts. Sie wissen nicht, wie verzweifelt ich bin. Dieser Mensch ..."

Sie senkte ihre Stimme. Ich verstand nichts mehr. Verwirrt flüchtete ich von meinem Lauscherposten.

In meinem Zimmer stellte ich das halbgeleerte Glas auf den Nachttisch. Ein Gefühl namenlosen Elends hatte mich ergriffen.

V.

Einige Tage darauf erschien Dr. Kindsberg wieder in Wolkin. Es war an einem Spätnachmittag. Ich war mit Victoria im Garten. Meine Cousine lag im Liegestuhl und las. Plötzlich kamen Schritte über den Kies, beide horchten wir auf. Es war Dr. Kindsberg. Sein Aussehen war heiter und jugendlich straff. Victoria, die ihm zulächelte, küßte er die Hand. Dann schüttelte er mir die Hand. Ich wollte mich entfernen. Aber er trieb die Höflichkeit so weit, mich zum Bleiben aufzufordern.

„Liebe Freundin", wandte er sich an meine Cousine, „ich komme, um Ihnen zu sagen, daß ich morgen aufbreche. Ich komme soeben aus Berlin, und man hat mir diesen skandinavischen Auftrag gegeben, von dem ich Ihnen vor ein paar Tagen sprach. Übrigens, und das wird Sie amüsieren, man hat mir den Titel eines Konsistorialrats aufgezwungen. Da es für meine neue Mission vielleicht wirklich Bedeutung hat, konnte ich nicht länger widersprechen."

Victoria, die seinen Abreisebeschluß mit Melancholie aufnahm, hob angesichts des „Konsistorialrats" in scherzhaft übertriebener Bewunderung die Brauen.

„Gratuliere, verehrtester Freund", lispelte sie, „was für ein Vergnügen, Sie zu meinen Freunden zählen zu dürfen! – Und Sie wollen mich jetzt wirklich hier allein lassen?"

„Allein? Ich sehe Ihren liebenswerten Cousin hier" – bei diesen Worten errötete ich vor Vergnügen – „und dann, dachte ich, wäre Herr Mühsal noch bei Ihnen?"

„Gewiß. Es war nur eine Form, Ihnen zu sagen, wie sehr ich Sie vermissen werde. So schenken Sie uns wenigstens den heutigen Abend!"

Er versprach, zum Abend wiederzukommen. Vorher habe er noch einiges in seinem Hause zu erledigen. Dann überraschte er mich mit der Aufforderung, ihn ein Stück zu begleiten.

Da er schwieg, glaubte ich nach einer Weile, eine Art Konversation in Gang bringen zu müssen. „Wie schön muß es sein", bemerkte ich schüchtern, während ich Mühe hatte, mit seiner Eile Schritt zu halten, „reisen zu können."

„Ach ja", sagte er.

Ich fand, daß das wenig sei, und schwieg nun ebenfalls beharrlich.

Mit einem Male fragte er mich nach Isolde: „Verträgst du dich eigentlich gut mit meiner Nichte?" Ich war erstaunt über diese Frage.

„Ich mag sie sehr gern", antwortete ich schnell.

Wir waren vor seinem Landhaus angelangt, und er bat mich, für ein Weilchen bei ihm einzutreten. Ich saß dann in einem Sessel seines Arbeitszimmers, während er am Schreibtisch Papiere ordnete und in einen kleinen Handkoffer warf. Dann ging er hinaus. Jetzt war es schon ziemlich dunkel geworden. Durch das zum Garten geöffnete Fenster flog ein großer dunkler Falter herein. Er ließ sich nieder zwischen zwei Falten des Vorhangs.

Ich fühlte mich allein, aber ich wagte nicht, unaufgefordert das Zimmer zu verlassen. Entfernt vernahm ich zuweilen die Stimme des Pfarrers, die Anweisungen erteilte. Fast ohne es zu bedenken, war ich dann doch aufgestanden und hatte mich dem Schreibtisch genähert. Da lagen Bücher, Manuskripte und Fotos. Die Buchtitel beachtete ich wenig. Ich erwähnte schon, daß sie mir Jahre später erst bedeutsam wurden. Die Manuskripte lagen in blauen Deckeln, die Aufschriften trugen, die ich nicht verstehen konnte. – „Lage in Schweden", „Mathieus Tätigkeit in Flandern", „Das badische Konkordat". – Von dort fiel mein Blick auf ein Foto, das in einem kleinen, schmalen Rahmen stand. Ich erkannte Isolde. Die Aufnahme konnte höchstens ein Jahr zurückliegen. Ich erinnere mich, daß ich sehr überrascht war. Ich wußte wohl, daß es bei vielen Leuten üblich ist, Fotografien ihrer Freunde und Familienmitglieder zu sammeln. Dieses Foto auf dem Schreibtisch jedoch neben dem einer jungen Frau von großer Schönheit, die ich nicht kannte, schien mir mehr als das übliche zu bedeuten.

Kaum war ich zu meinem Sessel zurückgekehrt, als Dr. Kindsberg wieder, gesenkten Kopfes, eintrat. Er schaltete die Schreibtischlampe ein. Als hätte er mich vergessen, setzte er sich nieder und zündete sich eine Zigarette an. Plötzlich wandte er sich mir zu.

„Möchtest du nicht etwas näher kommen?" fragte er mich. Er wies dabei auf einen großen Sessel an der anderen Seite des Schreibtisches. Zögernd stand ich auf und setzte mich dorthin, ihm gegenüber. Der helle Schein der Schreibtischlampe fiel voll auf Isoldes Foto.

„Ich möchte dich nämlich", begann er, „jetzt, kurz vor meiner Abreise, noch etwas fragen. Du brauchst mir natürlich nicht zu antworten. Das überlasse ich ganz deinem Geschmack. Aber wenn du mir antworten willst, wäre es reizend für mich, wenn du die Wahrheit sagtest. Nein, sieh bitte nicht ängstlich drein, es handelt sich ja nicht um dich. Und ich bin wirklich kein Inquisitor." Dabei lachte er herzlich und überaus gewinnend. Sein Gesichtsausdruck war herzlich, menschlich, vernünftig. Und doch jagte mir irgend etwas Furcht über den Rücken, eine beinahe lustvolle Furcht. Diese Augen hatten etwas Hypnotisches.

„Ich will Ihnen gerne antworten", sagte ich und zwang mich zu einem zutraulichen Lächeln.

„Also was ist das mit Robert und Isolde?"

„Sie sind sehr gut befreundet, glaube ich."

„Sehr gut? Wie gut denn etwa, Peterchen?"

„Sie angeln zusammen, aber ebenso mit mir, und sie schwimmen gemeinsam. Wir sind auch oft zu dritt zusammen."

„Worüber sprechen sie?"

„Eigentlich über nichts. Über das Wetter oder über Herrn Mühsal, den sie merkwürdig finden. Und Robert spricht manchmal davon, daß er gern nach Berlin oder in eine andere große Stadt ziehen möchte. Er will eine Kunstakademie besuchen. Aber Isolde glaubt ihm nicht, und darüber streiten sie sich oft. Neulich wäre beinahe das Boot darüber gekentert, hätte ich nicht aufgepaßt."

„Woran man sieht, wie wichtig du für die beiden bist!"

Ich glaubte, Dr. Kindsberg mache sich – in nicht ungutmütiger Weise – über mich lustig. „Wenigstens haben sie keine Geheimnisse vor mir", verteidigte ich mich oder vielmehr sie. „Sie sagen mir alles, was sie denken."

„Also, sie haben Geheimnisse!"

Ich schwieg und schlug die Augen vor seinem forschenden Blick nieder.

„Aber was ist denn dabei, Peterchen? Denkst du, daß ich erst dich fragen müßte, um zu erfahren, daß Robert bis über die Ohren in meine kleine Nichte verliebt ist?"

„Nein, nein", rief ich, froh ihn berichtigen zu können, „das stimmt nicht mehr ganz. Robert selbst hat es mir gesagt – als wir ruderten, erinnern Sie sich? –, daß er Isolde nicht mehr wie früher liebe. Das liegt an Victoria. Sie hat es ihm angetan."

Dr. Kindsberg schwieg. Er bedeckte sein Gesicht mit der Rechten. Ich hatte plötzlich das Gefühl, eine große Dummheit begangen zu haben.

„Soso", machte er unter der Hand, die den Mund verdeckte, „da hat ja meine arme Nichte viel Pech. Einen so bedeutenden Liebhaber wieder zu verlieren!"

Dr. Kindsberg erhob sich und ging im Zimmer umher. Er blieb stehen und wandte mir den Rükken. „Gut, gut", murmelte er, so abgewandt, „weiter wollte ich dich nichts fragen. Du siehst, es war nichts Schlimmes."

Da wandte er sich um. Ich erschrak über den bösen, den entschlossenen und unbegreiflich hypnotischen Blick seiner stahlblauen Augen.

„Oder doch – noch eins: Hast du sie einmal im Wald getroffen? Zufällig überrascht?"

Ich fühlte, wie ich erblaßte. Ich fühlte meine Lippen langsam kalt werden, diese Lippen, die ich aufeinanderpreßte.

„Ich sehe, du hast sie getroffen. Du brauchst mir nichts mehr zu sagen. – Nein, ich will dich nicht ängstigen. Mach bitte ein anderes Gesicht."

„Gewiß habe ich sie auch einmal im Wald getroffen. Sie sprachen miteinander und suchten Beeren."

Dr. Kindsberg stand gebeugt über den Schreibtisch. Er hielt die Augen gesenkt. Er schien mit einem Male wieder gefaßt. „Lassen wir diese Details", bemerkte er leise. Seine Hand machte eine weglöschende Bewegung. Endlich ließ er von mir. Er nahm Isoldes

Foto, scheinbar achtlos, und warf es in den geöffneten Handkoffer.

Später erfuhr ich – später: im Lauf der folgenden Jahre –, daß die Liebe dieses Mannes zu seiner Nichte, eine Liebe, die, wie man sehen wird, grenzenlos war, und die er nur bis zu diesem Punkt zu verbergen gesucht hatte, nichts anderes war als die Fortsetzung seiner alten Liebe für seine frühverstorbene Schwester. Was wollen Worte wie „Inzest" da sagen! Er hatte seine Schwester mit einer inzestuösen Glut geliebt, aber sie hatten sich ihre fleischliche Verwirklichung versagt. Wie um sich zu strafen, um sich und die Schwester zu schützen, erwählte er den geistlichen Beruf. Seine Schwester heiratete – er verzieh es ihr nie – den Landrat Perbom. Und doch war für sie diese Ehe dasselbe, was der geistliche Beruf für ihren Bruder war. Sie gebar ihrem Mann ein Kind: Isolde. Sechs Jahre nach dieser Geburt starb sie an einer rätselhaft gekommenen Embolie. Die Plötzlichkeit dieses Todes erweckte in ihrem Bruder von neuem diesen Aberglauben von „Schuld". Doch sein Herz trotzte der mystischen Anwandlung, ein im spezifischsten Wortsinne protestantisches Herz. Sein einziger Schmerz blieb, sich nicht mehr mit der Schwester ausgesöhnt zu haben. Diese Embolie war zu früh gekommen.

Als seine Nichte sieben Jahre alt war, lernte er sie kennen. Er trat mit seinem Schwager in Verbindung. Sie fanden nicht viel Gefallen aneinander, und Herr Perbom äußerte des öfteren, daß er jetzt das Zerwürfnis seiner armen Frau mit ihrem Bruder recht gut begriffe. „Er ist kalt und hochmütig", sagte er von ihm, und seine scheinbare Freundlichkeit verbirgt nichts als gefährliche Gedanken. Im Grunde ist er ein Jesuit." Dennoch gab es irgendeine Verbindung zwischen ihnen: die Liebe zu Elisabeth, Kindsbergs Interesse für ihre Tochter und ein unklarer Respekt Perboms vor den Fähigkeiten seines Schwagers.

Die Erkenntnis, daß er seine Nichte gleichsam als Erbin und Statthalterin seiner Schwester liebte, so stark, wie er Elisabeth geliebt hatte, nur um eine Nuance zärtlicher, erfahrener vielleicht – diese Erkenntnis kam Andreas Kindsberg im Traum.

Seit diesem Traum lag er wie nur je im Kampfe mit sich. Anfangs verbarg er sein Interesse für die Entwicklung Isoldes.

Auf einer seiner Reisen genoß er eine einzige glückliche Liebe, die, auf die er im Gespräch mit Victoria einmal angespielt hatte und von der jenes andere Foto auf seinem Schreibtisch Zeugnis ablegte. Einmal, zu seinem Geburtstag, schickte ihm die damals elfjährige Isolde ein paar kindliche Glückwunschzeilen. Sie fügte eine Fotografie bei, die ihr Vater aufgenommen hatte. Andreas Kindsberg erkannte die Züge seiner Schwester wieder. In der Nacht träumte er von Elisabeth-Isolde. Es war der zweite Traum, der auf sein Leben Einfluß hatte. Er beichtete ihn seiner Geliebten, und indem er sie so – wenn auch für einen Abend und eine Nacht nur – zu seiner intimsten Vertrauten machte, zerstörte er die fromme Illusion ihrer Liebe. Seitdem bereitete sich seine Wandlung vor. Sie vollzog sich in der Zeit, in der ich ihn bei meiner

Cousine kennenlernte. Jetzt war er zu seinem Schicksal entschlossen.

Ich erinnere mich, daß wir nach der Szene, die ich soeben beschrieben, nach Wolkin zurückkehrten. Kindsberg schwieg während des ganzen Weges, und ich hatte wieder Mühe, mit seiner Eile Schritt zu halten. Es war ein wundervoller Sommerabend. Als wir in Wolkin ankamen, kam uns Victoria entgegen. „Mein Gott, wo wart ihr nur so lange? Ich habe mich um Peter geängstigt." Sie strich mir über den Kopf. Aber ich bemerkte, wie ihr Blick dabei zu Anton Mühsal hinüberglitt, der mit Herrn Perbom eine ironische Unterhaltung führte. Ich hörte die Ironie aus dem Stimmklang heraus.

Herr Kindsberg wandte sich zu Victoria: „Aber Sie sehen ja, daß ich ihn Ihnen heil zurückgebracht habe." Victoria lächelte zerstreut. Isolde und Robert streiften mich mit einem mißtrauischen Blick. Ja, Isolde war heute auch da, zusammen mit ihrem Vater, der sein Vergnügen darüber äußerte, endlich zum Essen zu kommen.

VI.

Dieser Vater, der Landrat a. D. Perbom, hatte derzeit keine geringere und keine andere Sorge als seine Kandidatur für den Reichstag. Allein so erkläre ich mir seine Haltung Andreas Kindsberg gegenüber, als der ihn um die Erlaubnis bat, Isolde – da sie ja doch in den

Ferien sei und über Potsdam und Berlin bisher noch nie hinausgekommen sei – auf seine Reise, die etwa vier Wochen dauern würde, mitzunehmen.

Vielleicht war da auch ein Instinkt, der ihn, Perbom, warnte – später behauptete er das mit Entschiedenheit –, aber sein Respekt vor dem Schwager, vor seiner Stellung, seinem Vermögen, das Gefühl, daß seine Tochter auf eine solche Auszeichnung stolz sein müßte, ließ ihn mit deutlicher Freude seinem Schwager antworten. Was ihn anbeträfe, er sage: ja. – Im Grunde war er froh, vier Wochen lang völlig allein wohnen, der Politik und seiner Berliner Freundin sich vier Wochen lang rückhaltloser denn je widmen zu können. Mochte Isolde also mit seinem Schwager reisen.

Als Andreas Kindsberg das Projekt nach dem Essen zur Sprache brachte, kam man zuletzt auf die Idee, nun auch Isolde nach ihrem Einverständnis zu fragen.

„Also – was hältst du davon, mein Kind?" fragte Herr Perbom seine Tochter und zog die Widerstrebende zwischen seine Knie, „willst du mit Onkel Andreas nach Paris und Skandinavien? Oder willst du lieber bei deinem alten Vater bleiben?"

Er sah, während er fragte, unglaublich lächerlich aus. Sein viereckiger Kopf war vom Wein gerötet, und er behielt während des Sprechens seine Zigarre im Munde. Da Isolde schwieg, nahm er sie endlich aus dem Munde und blies ihr gelassen den Rauch in die Augen. Hustend, mit tränenden Augen sagte sie: „Ich möchte mitreisen."

So natürlich ihre Antwort war, so erstaunt sahen nun alle drein. Alle, das heißt die, die im Zimmer waren: die Herren Perbom und Mühsal, Dr. Kindsberg, Robert und Victoria. Ja, selbst Andreas Kindsberg schien eine Sekunde lang überrascht. „Also doch", schien etwas in ihm zu sagen. Dieses Erstaunen überdauerte freilich keine Minute. Victoria gratulierte Isolde zu ihrem Entschluß, Herr Mühsal machte eine ironische Bemerkung über den Vorteil, recht früh die Welt kennenzulernen. „Glanz und Elend der Welt", kommentierte er kaum hörbar durch die Zähne geknautscht, und ihr Vater lachte schallend. „Das hast du dir wohl nicht träumen lassen? Was?" begehrte er zu wissen. „So ein Glück! Nun bedanke dich auch schön beim Onkel!"

Andreas Kindsberg wehrte entsetzt ab, Isolde machte übrigens nicht den geringsten Versuch zu irgendeiner Erklärung ihrem Onkel gegenüber. Im Gegenteil, sie vermied es, ihn anzusehen.

Robert war aus dem Zimmer gegangen. Ich folgte ihm. Ich traf ihn im Garten, in der Laube. Er hatte den Kopf auf die Tischplatte gelegt. Ich konnte sein Schluchzen hören. Erst wagte ich nicht, etwas zu sagen oder ihn zu berühren. Aber das Stöhnen hörte nicht auf. Da rührte ich zaghaft an seine Schulter. Er schien es nicht zu bemerken. Dann streichelte ich sein Haar. „Ein so großer Junge", mußte ich denken, „beinahe ein Mann – und weint!"

„Sie kommt ja wieder", flüsterte ich ihm zu. „Du brauchst doch nicht zu weinen. Und hast du nicht gestern erst gesagt, daß du sie nicht mehr wie früher liebtest?"

Er hob den Kopf. Er sah so elend aus, daß ich erschrak. „Du kannst es nicht verstehen", flüsterte er. „Ich hasse diesen Kindsberg, verstehst du?" Und er blickte mich drohend an.

„Ich verstehe schon. Es ärgert dich, daß ein anderer als du mit ihr reisen kann. Aber es ist doch – schließlich – nur ihr Onkel!"

Wir hörten Schritte. Es war Isolde. Vom Haus her und vom Sternenhimmel gab es etwas dämmrige Helligkeit, eine bleiche, trostlos färbende Beleuchtung.

Isolde sah Robert an. Sie hielt den Blick nicht aus. Es sah schön und schmerzlich aus, wie sie so den blonden Kopf ein wenig senkte. Da erhob sich Robert und gab Isolde eine Ohrfeige. Dann ging er langsam, mühsam beherrscht, wie jemand, der eigentlich rennen möchte, hinaus. Isolde, deren Gesicht glühte, sah ihm mit großen, leuchtenden Augen nach. Sie setzte den Fuß schon vorwärts, um ihm nachzugehen, vielleicht ihm ihre Liebe zu beteuern. Aber plötzlich sank sie auf die Bank, sank auf den Platz, auf dem Robert gesessen hatte, warf ihre Arme auf die Stelle, auf der die Arme Roberts gelegen hatten, und weinte.

Später streichelte ich ihr Haar. „Er wird wiederkommen", flüsterte ich ihr zu, „glaube mir, Isolde!"

Aber sie weinte nur still weiter. Da ging ich ins Haus und schickte Andreas Kindsberg zu ihr.

Es war sehr selten, daß Victoria am Klavier saß. Heute öffnete sie das Instrument und spielte. Sie spielte

Themen von Richard Strauß, dann jene Glocken- und Nebelimpression von Debussy und den „Bolero" von Ravel. Träumend hörte Mühsal ihr zu.

Wenn er schwieg und wenn seine ganze Aufmerksamkeit, wie es jetzt geschah, auf ein außerhalb seiner Person Liegendes gerichtet war – auf diese Musik also –, klärten sich seine Züge ins Reine und Edle, das so oft überschüttet schien; und ich meinte damals, ein neues Gesicht an ihm entdeckt zu haben.

„Spiel doch weiter", bat er, als sie aufgehört hatte und ihr Blick ihn in der Dämmerung suchte. „Es gibt nichts Besseres als den Rausch der Musik. Ich muß das sagen, der zum Wort verdammt ist."

Robert war fortgegangen. Er ruderte allein. Später beichtete er mir einmal, er wäre mit der Absicht ins Boot gestiegen, sich inmitten des Sees in die Tiefe gleiten zu lassen. Er hatte sich dann auch wirklich seiner Kleider entledigt – er fand es passender, unbekleidet den Tod des Ertrinkens zu erleiden – und war kopfüber ins Wasser gesprungen. Aber er hatte nun nicht mit den mechanisch arbeitenden Instinkten eines guten Schwimmers gerechnet. Er schwamm, empfand die Temperatur des Wassers als höchst angenehm und bemerkte erst nach ein paar Minuten, daß er noch immer mit dem Kopf über dem Wasser war, ja, daß er jetzt endlich eine köstliche Entspannung fühlte! „Das Wasser", behauptete er später, „war ganz eigentümlich weich, viel weicher als sonst." Schließlich verlor er das Boot aus den Augen. Die Sorge, es wiederzufinden, schaltete jedes andere Vorhaben aus. Als er es endlich gefunden hatte, ruderte er zur Anlegestelle zurück. Das Rudern hatte ihn trocken gemacht, und gehorsam den Befehlen seines jungen Lebens, kleidete er sich an und kehrte nach Wolkin zurück.

Hier traf er Isolde in Gesellschaft ihres Onkels und ihres Vaters. Er sah Isolde mit einem flüchtigen Seitenblick an und setzte sich dann zu mir, der ich an einem Spieltisch eine Patience legte. Robert sah mir schweigend zu. Manchmal äugte Isolde hinüber zu uns. Sonst hörten wir nur die monologisierende Stimme Perboms, die über Deutschland sprach. Aus dem Musikzimmer kamen die leisen Stimmen Victorias und ihres Gastes. Dr. Kindsberg erhob sich. Es war beschlossen, morgen Abend den Zug nach Paris zu nehmen. In Charlottenburg wollte man einsteigen. Er verabschiedete sich von seiner Nichte.

„Morgen nach dem Mittagessen hole ich dich ab. Dann müssen deine Koffer gepackt sein", bemerkte er ganz sachlich.

Herr Perbom lachte schallend. Victoria und Herr Mühsal kamen ins Zimmer. Es gab ein allgemeines Abschiednehmen. Herr Mühsal küßte mit einem etwas zweideutigen Lächeln Isolde die Hand. Zuletzt verabschiedete Isolde sich von Robert. Zaghaft bot sie ihm die Hand, aber er verbeugte sich nur vor ihr. „Auf Wiedersehen!" sagte sie zu ihm.

Ich war schon zu Bett gegangen, als es an meiner Tür pochte. Leise rief ich: „Herein!" Es war Robert. Er war schon im Schlafanzug. Sein Haar war zerzaust. Er sah sehr jung und unglücklich aus. Er setzte sich an meinen Bettrand und betrachtete mich. Sein Gesicht war so ernst und sein Haar so zerzaust, daß ich lachen mußte. Aber es war ein nervöses und unsicheres Lachen.

„Was wollte Dr. Kindsberg heute abend von dir?" fragte er mich endlich. „Du warst doch bei ihm?"

Ich hatte eine entsetzliche Furcht vor dem zerzausten, unglücklichen Robert. Ich fürchtete, er würde mir allein die Schuld an dem Reiseplan des Geistlichen geben, wenn ich ihm den Inhalt unseres Gesprächs mitteilte, und er würde sich dann in irgendeiner schrecklichen Form an mir rächen.

„Wollte?" fragte ich zurück und machte absichtlich ein recht einfältig-kindliches Gesicht. „Gar nichts. Er war sehr ernst, weißt du, so ernst und mürrisch, daß er kaum mit mir sprach. Ich mußte still in seinem Sessel sitzen und zusehen, wie er einen Koffer packte, und dann lief er mit einem Mal raus und schimpfte mit der Wirtschafterin."

„Hat er dich nicht irgend etwas gefragt?"

„Nichts, Robert."

„Noch eine Frage", dachte ich angstvoll, „und alles ist vorbei."

Und Robert fragte nichts mehr. Meine Hände zitterten; Robert bemerkte es und hielt sie fest. Er lächelte etwas. „Hab ich dich geängstigt?" fragte er.

Ich schüttelte den Kopf, und er ging. „Soll ich das Licht ausmachen?" fragte er von der Tür her.

Dann wurde es dunkel. Robert schloß behutsam die Tür, und ich atmete auf. Eine Trauer blieb zurück. Mit ihr schlief ich ein.

VII.

Meine Ferien neigten sich dem Ende zu. Ich verbrachte sie zumeist mit einem melancholischen Robert. Er war traurig und beunruhigt, weil Post von Isolde ausblieb. Einmal, am Anfang ihrer Reise, kam aus Paris eine Karte mit dem Eiffelturm darauf und eine andere mit dem Voltaire-Quai für Victoria. Dann blieb jede Post aus. Herr Perbom war in diesen Wochen zu sehr in Anspruch genommen, er ließ sich nie in Wolkin sehen, und Robert wagte nicht, ihn aufzusuchen. Es war eine schlimme Zeit für Robert. Er fühlte sich wieder, wie zu Anfang seiner Tätigkeit in Wolkin, hier völlig deplaciert. Deshalb tat er eigentlich nichts mehr.

Wir ruderten, wir schwammen, oder ich sah Robert beim Angeln zu. Wir gingen öfter gemeinsam „spazieren", das heißt, wir vollführten endlose Wanderungen in der Havellandschaft, übernachteten, wie und wo es sich traf, und hatten eine gute Zeit miteinander.

Wir hatten eine gute Zeit miteinander, aber Robert glaubte doch, eine sehr schlechte zu haben. Seine Heiterkeit, seine ernst-fröhliche Sachlichkeit – er war der sachbezogenste, unsubjektivste Mensch – wurden plötzlich von wilder Melancholie durchbrochen. Er behauptete, sein Leben verpfuscht zu haben. Und wenn wir im Garten eines ländlichen Wirtshauses saßen, Robert siebzehnjährig, ich noch nicht vierzehn Jahre alt, mag es seine Komik gehabt haben, Roberts schwermütige, selbst- und weltanklägerische Reden zu hören. Aber es hörte uns niemand zu. Und so wußte ich allein, daß er „unter der Tyrannis eines alkoholsüchtigen Vaters" seiner wahren Mission, die auf dem Gebiet der Kunst läge, untreu wurde, und daß, „entführt von einem ränkesüchtigen Greis", seine Geliebte ihm die Treue brach. Es war eine Art von doppeltem Vaterhaß. Ich nahm indes den ersten Teil seiner Lamentationen bedeutend wichtiger. Denn Isolde schien mir ziemlich freiwillig ihrem Onkel Andreas Kindsberg gefolgt zu sein, überdies in einem Moment, in dem Roberts Liebeseifer für sie bereits ein wenig nachgelassen hatte. Freilich sagte ich mir, daß ich zu jung sei, um mich in derlei Dingen recht auszukennen.

In dem ersten Punkt, in dem des Berufs, sollte sich bald alles ändern. Und zwar war es Victoria, die sich dieser Angelegenheit annahm. Sie verfolgte sie mit dem ganzen Eifer, den ihre Liebe für Anton Mühsal in ihr geweckt hatte und für den sie zu ihrem Unglück in dieser Liebe selbst nur wenig Verwendung fand. Es war an einem Tage, an dem Herr Mühsal nach Berlin gefahren war, daß Victoria mit Robert sprach. Sie fragte ihn – es war auf der Terrasse, an einem Nachmittag, an dem ein Regen ersehnte Erfrischung gebracht hatte –, sie fragte ihn da ganz offen, was ihn denn so sehr bedrücke. Gleichzeitig entschuldigte sie sich beinahe bei ihm, daß sie in den letzten Wochen so wenig Zeit gefunden habe, sich um ihn zu kümmern.

Robert sprach, offen wie sie. Was Isolde betraf, so wußte Victoria wenig Rat. Ihre Meinung war, daß Andreas Kindsberg und Isolde irgendeinen Grund haben müßten, nicht zu schreiben. Sie war nicht weniger beunruhigt als Robert, nur, daß ihre Liebe ihr weniger Zeit ließ, sich der Beschäftigung mit einem Rätsel zu überlassen, das sie doch nicht lösen würde. Sie vermutete – zu Recht –, daß die beiden die skandinavische Reise nicht angetreten hatten – aus welchem Grunde auch immer – und nun ihren programmwidrigen Aufenthalt in Paris nicht ohne Not verraten wollten. Schließlich waren die Ferien bald zu Ende, und Isolde mußte also in vier, fünf Tagen zurückkommen. Eine Ahnung überkam uns alle, an diesem sanft regnerischen Nachmittag, daß sie dennoch nicht kommen würde. Zu Roberts Berufssorgen aber faßte Victoria den Entschluß, mit seinem Vater zu sprechen. Übrigens hatte auch Anton Mühsal sie in diesem seit langem gehegten Vorhaben bestärkt. Es sei, hatte er ihr gesagt, ein Verbrechen gegen das menschliche Selbstbestimmungsrecht, sei ein Fall schlimmster Sklavenhalterei und bösartigsten Kindeshasses.

Vielleicht, war seine Meinung, war dieser junge Mensch nicht einmal sehr begabt, vielleicht sei hier auf dem Lande sogar sein rechtmäßiger Ort; so ginge es aber doch nicht an, ihn in einer subalternen Stellung zu halten, ihn zu dem zu zwingen, was er vielleicht freiwillig einmal tun würde, ihn im empfindlichsten Alter jäh aus dem Kontakt mit seinesgleichen zu reißen. Etwas anderes wäre es, hätte dieser Kontakt nie bestanden. Sogar seine in so eitel-liebenswürdiger Weise gedehnte Art des Sprechens hatte Anton Mühsal bei dieser Erörterung aufgegeben.

Am nächsten Tage fuhr die tapfere Victoria, nachdem sie sich telefonisch angemeldet hatte, zu Roberts

Vater. „Eine höchst ungemütliche Stimme hat er ja, dein alter Herr", sagte sie zu Robert. „Er spricht mit so langen Pausen, dabei poltert er und stürzt die Silben durcheinander. Nein, die Stimme sagt mir nichts Gutes. Das wird einen heißen Kampf geben. Aber laß nur, mein Sohn, ich werde wacker für dich kämpfen." Und sie nickte uns dabei zerstreut zu.

Sie stieg in den offenen zweirädrigen Wagen und sah königlich und kriegerisch aus. Dennoch konnte man sich des Eindruckes nicht erwehren, daß es immerhin möglich sei, daß sie in der Diskussion mit Roberts Vater aus Zerstreutheit oder einem plötzlichen sinnlosen Zorn Unsinn schwätzen und damit alles verderben würde. Mit derart gemischten Empfindungen wohnten wir ihrem Aufbruch bei.

Eine Stunde nach dem Mittagessen war sie gefahren. Mit dem sinkenden Abend kehrte sie wieder. Sie sah ungemein blaß aus. Sie schien etwas sagen zu wollen, aber es gelang ihr nicht. Deshalb begnügte sie sich damit, Robert zu winken. Er folgte ihr ins Haus.

Als ich ihnen nachsah – beide gingen sie etwas gebückt –, empfand ich Furcht vor dem, was Victoria mitzuteilen haben würde.

Sie saß mit Robert im Musikzimmer, sie rückwärts zum Flügel, auf den sie die Ellbogen stützte. Er saß ihr, etwas unbequem, auf einem Stuhl gegenüber. Ihr Dialog war kurz.

„Armer Robert, bist du auf das Äußerste gefaßt?"

Robert neigte den Kopf. „Also nicht begnadigt", dachte er. Victoria, die seine Gedanken zu erraten schien, sagte: „Nein. Das ist es nicht. Das nicht. Im Gegenteil –"

„Was heißt das: Im Gegenteil?"

„Du wirst jetzt machen können, was du willst. Armer Robert!"

„Machen, was ich will? Ist er etwa –"

Victoria nickte. „Tot", sagte sie.

Sie erzählte: „Als ich ankam, lief ich schon dem Arzt in die Arme. Er war vor einer Viertelstunde gestorben."

„Nein!" rief Robert. „Nein! Das glaube ich nicht."

Victoria schwieg. Ihre Lippen bewegten sich, aber sie formten keine Worte.

„Nein!" sagte Robert leise, „das glaube ich nicht. Sagen Sie, ist das wirklich wahr? Warum?"

Als ich zögernd hereinkam, erklärte es Victoria ihm. „Ein Gehirnschlag", berichtete sie, „der gleich tödlich wirkte. Der Arzt sagte mir, dein Vater hätte in den letzten Monaten zuviel getrunken. Da er schwer arteriosklerotisch war, habe er ihm das Trinken streng verbieten müssen. Umsonst." Sie verschwieg, daß Roberts Vater durch die bevorstehende Auseinandersetzung heftig beunruhigt war. „Aber das", hatte ihr der Arzt gesagt, „ist ja rein anläßlich. Ich habe diesen Fall seit Monaten täglich erwartet. Übrigens machten sich seit einigen Wochen schon nervöse Störungen bei ihm bemerkbar." Er hatte der Fassungslosen dann noch etwas vom „Klimakterium des Mannes" gesagt und ihr beim Abschied mit tiefer Ergebenheit die Hand geküßt, als sei sie es, die diesen Toten zu beweinen habe. – „Ich glaube", sagte sie jetzt, „dieser Arzt ist ein sehr tüchtiger Mann. Er hat mir versprochen, sich um alles zu kümmern. Er läßt dich bitten, Robert, morgen herauszufahren. Er will dich mit einem Freund, einem Potsdamer Rechtsanwalt, bekannt machen. Du wirst jetzt derlei brauchen können."

Robert hockte verstummt auf seinem Stuhl. Mein Mitleid mit ihm war groß. Aber ich fühlte, daß ich ihm nicht helfen konnte. Ich begriff nur, daß dieser Schmerz aufrichtig war. Gerade, weil er seinen Vater nie hatte lieben dürfen, weil er ihn hatte hassen müssen, traf ihn sein Tod mit einer Härte, als wäre es der Tod eines geliebten Vaters. Denn mit seinem Tode war zugleich auch jede Möglichkeit, den Vater zu lieben und von ihm geliebt zu werden, für immer verloren. Der Tod eines geliebten Vaters aber hätte ihm wenigstens eine versöhnliche, verklärende Erinnerung hinterlassen. Dieser Tod hinterließ einen Nachgeschmack von einer Bitternis, die Robert nie in seinem Leben verlieren konnte. Frei zu werden um solchen Preis, kann eine ganze Freiheit vergiften. Aber Robert wehrte sich gegen das Gift.

Victoria indes, wehmütig und zerstreut den Gebückten liebkosend, sagte: „Du mußt dich erst ausweinen, armer Robert. Aber dann wird es in der nächsten Zeit nur eine wichtige Person für dich geben – das ist der Rechtsanwalt." Ihr Blick fiel auf mich. „Das ist nun mal so im Leben", flüsterte sie.

Über diese Worte mußte ich weinen. Ich verstand sie nicht ganz, aber ich hatte das Gefühl, sie seien die traurigsten, die trostlosesten Worte, die ich je gehört.

VIII.

Während Robert seine Angelegenheiten im Hause seines verstorbenen Vaters zu regeln begann, war ich wieder ganz auf die Gesellschaft meiner Cousine und Herrn Mühsals angewiesen.

Meine Cousine gefiel sich in den seltsamsten Launen. Ich führte diese Launen auf ihr Verhältnis zu Anton Mühsal zurück. Sie schien in einer schlechthin absurden Weise an ihn gebunden zu sein. Irgendein Wort bei Tisch, das ich nicht verstand oder aber auch das Harmloseste zu besagen schien, hatte offenbar eine andere, geheime Bedeutung, war eine Anspielung auf mir unbekannte Dinge und hatte etwa zur Folge, daß Victoria – dies geschah einmal – noch vor dem Nachtisch aufstand, sich flüchtig mit plötzlichem Kopfschmerz entschuldigte und uns türenwerfend verließ. Herr Mühsal sah mich an und lachte schließlich frei heraus. Es war kein unsympathisches Lachen, ich stimmte auch meinerseits ein Lachen an, das wir nur, als das Mädchen den Nachtisch servierte, unterbrachen. Herr Mühsal, in einer kindlich-verschleckten Weise, nahm ungeheure Mengen von der süßen Speise, um, wie er sagte, darüber seine Sorgen zu vergessen. Da, wo andere zum Alkohol gegriffen hätten, hielt er sich an die süßen Speisen und erlesenen Törtchen. Ich wunderte mich oft, daß Victoria mit einem so friedlichen, zuweilen geradezu behaglichen Menschen, wie Herr Mühsal es war, nicht in besserem Einvernehmen stand. Freilich hatte er manchmal eine gewisse Art von Ironie, von einer prinzipiellen Skepsis, die gewiß auf viele Leute abstoßend wirken mußte. Mich hingegen bezauberte sie.

Ich sagte Herrn Mühsal, wie sehr ich seine Verse liebte. Er ließ darauf von seinem Verlag den Band seiner gesammelten Gedichte kommen und dedizierte ihn mir. Wie glücklich mich das machte! Ich besitze noch dieses Buch und liebe wie je diese Verse.

Die literarhistorische Stellung Anton Mühsals ist nicht leicht zu umreißen. Er gehörte zu jener letzten Vorkriegsgeneration, die in Italien den Futurismus, in Deutschland den Expressionismus einleitete. Aber er war nicht eigentlich expressionistisch. Er hatte zum Sturmkreis zum Beispiel gar keine Beziehungen. Er liebte die Experimente, protegierte den Dadaismus in der Schweiz und stünde heute etwa den französischen Surrealisten nahe, deren Vorläufer er in vielem war. Er war eine glänzende Begabung, der die volle Entwicklung versagt war. Man hätte ihn einen Nihilisten nennen können, wenn er nicht zu fest an die Zukunft geglaubt hätte. Allerdings war seine Vorstellung von der Entwicklung zu ausschließlich auf das Artistische, auf das Ästhetische überhaupt gerichtet. Er übersah – mußte es wohl seiner Natur folgend übersehen –, daß die Entwicklung zur Zukunft allein vom sozialen Kampf bestimmt war. Er liebte die Menschen als Allgemeinheit zu wenig, um sich allzusehr für ihre Befreiung interessieren zu können. Das unterschied ihn von seiner Generation und noch mehr von der ihr folgenden.

Was eigentlich Mühsal in Wolkin hielt, war mir damals nicht ganz klar. Ich wußte nicht, ob es vielleicht doch Liebe für Victoria war. Heute bin ich überzeugt, daß es viel einfacher zu motivieren war. Es gehörte zu seiner Lebensform, in irgendeinem idyllischen Winkel, am liebsten auf den Landsitzen von Freunden, eine gewisse Zeit zu verbringen. Herr Mühsal, ein Typ, dem der Reichtum jede seiner Gesten bestimmt zu haben schien, ein scheinbar wohlhabender und weltläufiger Kosmopolit, war keineswegs wohlhabend. Das Geld, das er bei seinen Besuchen ersparte, ermöglichte ihm ein paar halbwegs bequeme Monate in mehr südlich gelegenen Punkten Europas. Seine Beziehung zu Victoria reichte in ihre Schweizer Jahre zurück. Es hatte sich da zwischen den beiden eine Freundschaft herausgebildet, die sich bald auf seiten Victorias als brennende Liebe erwies. Victoria liebte Mühsal und machte ihn zu ihrem Abgott. Und es entsprach nur der ein wenig selbstgefälligen Natur Mühsals, diese Liebe zu erwidern, bis zu einem gewissen Zeitpunkt. Er vermochte die Heuchelei nicht weiter zu treiben als solange es ihm angenehm war. Diesen Abbruch der Liebe und die etwas schale Kameraderie, die ihr folgte, vermochte Victoria nie zu begreifen. Dieser zeitlich nicht ganz bestimmbare Punkt war der tragische Punkt ihres Lebens, der Ort, an dem ihr Leben zerbrochen war. In diesem Sinne „zerbrochen“ kam sie schon aus der Schweiz zurück. Jetzt hatte sie geglaubt, den Schaden wieder flicken zu können. Vergebens. Was für ihn eine gute und stille Zeit auf dem Lande hatte sein sollen, war für sie ein fortwährendes Sterben, war nichts als die Angst um ihr Leben.

Victoria hatte nie zuvor einen Mann geliebt, sie hatte es wohl ein- oder zweimal geglaubt – heute sah sie ihren Irrtum ein. Einen verständlichen Irrtum, denn woher hatte sie wissen sollen, w a s Liebe sein konnte? Und danach sollte sie auch keinen Mann mehr lieben. Doch bevor sie endgültig, physisch an ihrer Liebe starb, mußte sie noch einen weiten Umweg machen.

Eines Tages erhielt Anton Mühsal einen Brief aus England. Er öffnete ihn beim Frühstück, las ihn aufmerksam, Zeile für Zeile, und schmunzelte schließlich vergnügt. Einer seiner Freunde, den auch Victoria aus der Schweiz kannte und mit dem er im letzten Jahr einige Monate in Cannes und in Monte Carlo verbracht hatte, erinnerte ihn in einem reizenden, an den Paradoxen Oscar Wildes geschulten Englisch an seine alte Einladung und Mühsals Zusage, eine Zeit mit ihm auf seinem Landsitz zu verbringen. Er versprach ihm eine kleine, doch sehr angenehme Gesellschaft.

Er faltete den Brief mit einer zärtlichen Sorgfalt wieder zusammen. Sein von der Wolkiner Sonne gebräuntes Gesicht strahlte in einem ungewohnten Frohsinn.

„Meine Liebe", sagte er zu Victoria, „ich fürchte, ich habe Ihre Gastfreundschaft ohnehin schon allzulange in Anspruch genommen. Man erwartet mich nun so bald wie möglich auf einem kleinen Gütchen in England." – Es handelte sich um einen der schönsten und ältesten Landsitze Englands. – „Wenn Sie es mir erlauben, werde ich also dieser Tage reisen."

Victoria erblaßte. Sie senkte schweigend den Kopf. Ich spürte mein Herz klopfen. Auch ich war traurig über diese Abreise. Victoria verschluckte sich, als sie die Tasse absetzte. Dann vergaß sie alle Scham.

„Wie können Sie mich nur so verraten!" rief sie. Ganz leise, erstickt fügte sie hinzu: „Warum töten Sie mich nicht lieber gleich?" Herr Mühsal erstarrte. Nur seine Augen vergrößerten sich und leuchteten sehr in seinem jetzt blassen Gesicht.

Es dauerte eine quälende Weile, während der man nur das unterdrückte Schluchzen Victorias und das Klappern der Gabel auf dem Tisch hörte, die in Herrn Mühsals Hand plötzlich einen zittrigen Tanz begonnen hatte, bis er sich soweit gefaßt hatte, daß er der Sprache wieder mächtig war.

„Ich fürchte", sagte er also, mit einer ganz fremden, gedeckten Stimme, „daß hier ein böses, ja, tragisches Mißverständnis obwaltet, das wir wohl zu späterer Stunde gemeinsam zu klären haben. Jetzt aber" – und hier erhob er sich – „bitte ich Sie, mich zu entschuldigen." Er legte die Gabel aus der Hand, und mit einer Bewegung der frei gewordenen Hand: „Ich habe zu tun."

Jetzt befand ich mich Victoria allein gegenüber. Ich erinnere mich, daß ich Furcht und etwas Abscheu vor ihrem Zusammenbruch empfand. Sie hatte die Arme auf dem Tisch gekreuzt und verbarg ihren weinenden Kopf in ihnen. Ihr Elend wirkte so krankhaft, so abnorm, daß ich mich mit demselben tiefen Unbehagen, das die primitiv Gesunden den Geisteskranken gegenüber empfinden, aus dem Zimmer stahl.

Zwei Tage später verließ uns Anton Mühsal. Victoria wohnte seinem Aufbruch nicht bei. Sie stand in ihrem Zimmer hinter dem Vorhang und sah zu, wie der Gärtner dem Kutscher beim Aufladen des Gepäcks half. Es war der große vierrädrige Wagen, der von zwei Schimmeln gezogen wurde. Ich konnte sie noch am Fenster sehen, als der Wagen schon lange außer Sicht war.

Am nächsten Morgen kam eine Sendung exotischer Blumen mit den Grüßen Anton Mühsals. Victoria schloß sich mit ihnen in ihrem Zimmer ein. Sie verhinderte jeden, das Zimmer zu betreten. Sie hoffte, an den strengen, heftigen und köstlichen Gerüchen dieser Blumen zu sterben. Am andern Morgen telefonierte sie mit dem Arzt. Die Blumen hatten ihr mörderisches Werk nicht vollbringen können. Aber ihre Augen, die nicht ganz gesund waren, hatten an Sehkraft wieder ein wenig verloren. Erst von jetzt an behinderte sie wirklich dieses Augenleiden – eine übrigens nervöse Störung. Sie erlangte die Sehkraft der Zeit vor dieser Blumensendung nicht wieder zurück.

Der Arzt, derselbe, der ihr im Hause Roberts begegnet war, Dr. Apfel, wurde bald ihr Vertrauter. Er war ein guter Nervenarzt, in dem sich ein bißchen Sonderlingtum mit einer großen Kenntnis der menschlichen Seele mischte.

IX.

Wenige Tage, bevor ich wieder nach Hause fuhr, kehrte Robert zurück. Auch er kam, um Abschied zu nehmen. Er war voll des Lobes für den Rechtsanwalt, den Dr. Apfel ihm empfohlen hatte. Dr. Dryenfurth war von geradezu erstaunlichem Eifer in Roberts Angelegenheiten. Er hatte sich mit dem vom Gesetz vorgeschriebenen Vormund, dem Onkel Roberts, einem in Berlin lebenden Fabrikanten, in Verbindung gesetzt. Es wurde beschlossen, die Gärtnereien zu verkaufen, da Robert erklärte, sich nicht um sie kümmern zu können, und sie überdies in den letzten Jahren nicht sehr erträgnisreich gearbeitet hatten.

Der Onkel war voller Einsicht. Er hatte seinen verstorbenen Bruder – seiner Schrullen, seiner Unzugänglichkeit und seines Geizes wegen – nie leiden mögen. Er hatte Mitleid mit Robert und versprach, ihm in seinen Wünschen, soweit die ökonomische Lage es erlaube, entgegenzukommen.

Was waren aber die Wünsche Roberts? Die paar Monate, die ihn von seiner Schule trennten und die ganz von Isolde erfüllt waren, hatten ihn bereits so weit von der Welt dieser Schule entfernt, daß er sich nicht mehr zu ihr zurückwünschte. Er entschied sich, nur um möglichst rasch „frei" zu sein, für die Düsseldorfer Kunstakademie. Der Onkel und der Anwalt rechneten eine kleine Monatsrente aus, die, wenn er sehr bescheiden lebte, für ihn reichen würde. Dr. Dryenfurth sollte den Verkauf der Gärtnereien übernehmen. Übrigens fand er in der Folgezeit keinen Käufer, der ein ihm gemäß erscheinendes Angebot machte. Dann in den Jahren der Inflation, beglückwünschten sich der Onkel wie der Anwalt, diese Besitzung nicht verkauft zu haben.

Robert nahm Abschied von Wolkin. Zum letzten Male ruderte er mit mir über den Schrotsee. Zum letzten Male schwammen wir gemeinsam. Wir waren guter Dinge, aber die Melancholie des Abschiedes lag über allem, was wir gemeinsam taten.

Victoria ließ sich nur zu den Mahlzeiten sehen. Des Nachts verbrachte sie Stunden mit Dr. Apfel, dessen gelbes Auto jetzt oft neben dem Rasenplatz stand. Sie besprach mit ihm ihr Leben. Es waren lange und schwermütige Beichten, denen Dr. Apfel gesenkten Kopfes zuhörte. Zuweilen machte er sich, während sie sprach, Notizen.

„Was schreiben Sie da?" fragte sie ihn einmal.

„Reden Sie weiter!" sagte er mit ungewohnter Heftigkeit, „kümmern Sie sich nicht um das, was ich mache. Drehen Sie mir, wenn es Sie stören sollte, nur den Rücken zu, aber vor allem, sprechen Sie weiter! Sprechen Sie, was Sie wollen!"

Victoria lachte verwirrt, in dem Gefühl, eine Zurechtweisung empfangen zu haben. Dann sprach sie weiter ...

Einmal sagte Dr. Apfel zu ihr: „Ich will, daß Sie wieder besser sehen können."

Aber ihr Leiden verschlimmerte sich nur. Als ich längst wieder auf meiner Schulbank saß und nur zuweilen den Wolkiner Park ins Algebraheft zeichnete, ging Victoria für ein halbes Jahr in Dr. Apfels Klinik in Potsdam. Dann schien sich ihr Leiden zu bessern.

Am Tage vor seiner Abreise erhielt Robert Post von Isolde. Wie vor ein paar Tagen Anton Mühsal, öffnete er den Brief am Frühstückstisch, wo er ihn neben seiner Serviette fand. Aber Victoria war diesmal nicht bei uns. Er riß ihn auf, las ihn, während jagende Röte sein Gesicht überzog. Dann lehnte er sich zurück, Tränen in den Augen. Der Brief, den er mir zeigte, lautete:

„Sèvres, Maison de Santé du Dr. Crémieux.

Mein sehr, sehr, sehr lieber Robert,
wie du siehst, schreibe ich Dir aus einem unfreundlichen Ort. Ich kann kaum schreiben, weil ich zu sehr an Dich denke und das meine Handschrift sehr verschlechtert. – Ich muß immerzu an unseren letzten Abend denken, an dem Du so zornig auf mich warst. Aber ich konnte Dir damals nicht sagen, warum ich in Onkel Andreas' Angebot ein Zeichen des Himmels sah.

Jetzt, nachdem alles vorüber ist – es war gräßlich, weißt Du, unglaublich gräßlich, ist es noch, aber sei ruhig, es ist überstanden –, jetzt kann ich's Dir erklären. Aber Du weißt es doch schon. Man kann es nicht schreiben. Wenn ich an Gott glaubte, würde ich sagen, es war Gottes Strafe für unsere Liebe. Aber es ist nur ein Naturgesetz. Habe bitte, bitte, kein schlechtes Gewissen, denn ich liebe Dich sehr. Ich habe es jetzt erst gemerkt, weil ich doch Deinetwegen leiden mußte.

Onkel Andreas ist der rührendste Mensch. Trotzdem es ihn – ich sagte es ihm am zweiten Tage in Paris – mitgenommen hat. Er war sehr tapfer und behandelte mich ganz als armes, krankes Kind.

Er hat erst seine ganze Skandinavienreise aufgeben wollen, aber ich habe ihm viele Stunden zugeredet, bis er dann doch gereist ist. Er kommt übermorgen zurück. Ich will mir Mühe geben, dann wieder etwas besser auszusehen.

Armer Robert, denkst Du noch oft im Groll an mich? Schreibe mir recht bald, wie es Dir geht. Wie schade, daß Du nicht zu mir kommen kannst, aber es wäre falsch. Schon Onkel Andreas' wegen. Aber wenn wir uns dann wiedersehen, wird es nur um so schöner sein. Die letzte Nacht habe ich von Dir geträumt. Darum mußte ich Dir heute schreiben. Wir ruderten, und das Boot schlug um. Ich glaubte, sterben zu müssen, war aber nicht sehr traurig darüber. Aber als ich erwachte, war ich doch sehr froh, daß wir beide noch leben.

Schreibe bald. – Immer Deine

Iso.

P. S. Jetzt lerne ich Französisch. Ich kann es schon ganz gut. Ich lerne es wie ein Papagei. Onkel Andreas hat an Papa geschrieben, ich hätte mir den Fuß gebrochen, und er müßte noch ein paar Wochen auf mich warten. Auch Dr. Crémieux schrieb ihm ein paar Zeilen über meinen ‚schlimmen Fuß'. Also verrate mich nicht!!! Ich habe vorhin selbst an ihn geschrieben. Es ging viel leichter, als ich dachte.

Grüß Peter und Victoria Wolkin!"

X.

„Ich muß zu ihr!" sagte Robert. „Mein Gott, ich war ein Idiot. Daß man so dumm sein kann! Und daß ich dir jetzt den Brief gezeigt habe! Wenn du je ein Wort …"

„Warum sollte ich das tun?"

„Ja – warum?" Er gab mir die Hand, lächelnd.

Er sah wunderbar glücklich und unglücklich zugleich aus. Vielleicht war dies der glücklichste Punkt seines Lebens. Sein ganzes Wesen war identisch mit seiner Liebe. Er lief hinaus, steckte den Brief zerknüllt in die Hosentasche und lief in den Garten. Er traf den alten Berthold, der, seitdem Roberts Vater tot war, den tiefsten Respekt vor dem Erben bezeigte. Insgeheim – er wußte nichts von den Verkaufsplänen – hoffte er auf eine Anstellung in den Gärtnereien Roberts. Er war unzufrieden mit dem interesselosen Regime Victorias.

Robert drückte ihm die Hand. „Ich fahre heute", sagte er. „Leben Sie wohl! Kann ich irgendwas für Sie tun?"

„Heute schon? Ich dachte, Sie fahren erst morgen. Ja, ich wollte eigentlich noch etwas besprechen mit Ihnen. Wann fahren Sie denn heute?"

„Ich weiß nicht. Vielleicht fahre ich doch erst morgen. Und was wollten Sie mit mir besprechen?"

„Ich wollte fragen, ob Sie nicht einen alten, guten Gärtner brauchen könnten?"

Robert lachte. „Aber da müssen Sie mit Dr. Dryenfurth und vor allem mit meinem Verwalter sprechen", sagte er. Er brachte es nicht übers Herz, von dem beabsichtigten Verkauf zu sprechen. „Ich telefoniere noch heute mit Stolpin. Ich glaube, wir könnten einen Mann wie Sie brauchen. Nur weiß ich nicht wie lange."

„Wie lange? Sie wollen doch nicht etwa Ihr Erbe verkaufen?"

Robert lächelte mir zu. „Ich weiß noch nicht. Gehen Sie ruhig morgen, so gegen Mittag, nach Stolpin raus und sehen Sie sich alles an. Sie werden dann Dr. Dryenfurth und den Verwalter treffen, die miteinander zu sprechen haben."

Wenn es keinen Zweck hätte, sagte Berthold enttäuscht, wolle er nicht den weiten Weg machen. Robert aber fühlte das dringende Verlangen, den alten Mann, der ihn heimlich so lange mißachtet hatte, mit seiner Güte zu beschenken.

„Gehen Sie hin. Man wird Sie anstellen. Ich arrangiere das. Sie werden einen etwas höheren Lohn als hier bekommen."

Der Alte verbeugte sich und ging zögernd an seine Arbeit. Robert verabschiedete sich von mir. „In einer Stunde bin ich zurück", sagte er. Er lief in den Wald.

Mittags sagte er mir, er könne doch erst morgen fahren, weil sein Geld erst morgen früh käme.

„Nach Paris?" fragte ich.

Er schwieg. Dann schüttelte er den Kopf. „Nicht nach Paris."

Ich fühlte mich enttäuscht. Dieses Abenteuer hatte begonnen, meine Phantasie zu beschäftigen, und jetzt wollte der Hauptakteur nicht mehr mitmachen. Enttäuscht sah ich ihn an.

Robert lächelte. „Du siehst ganz enttäuscht aus, mein Kleiner."

„Warum fährst du nicht nach Paris?" fragte ich.

„Weil sie es nicht mag, und weil es sicher falsch wäre, mit ihrem Onkel zu dritt zu sein."

„Hast du Angst vor ihm?"

„Angst? – Ich glaube nicht. Vielleicht Respekt. Ich finde nämlich, daß er sich bis jetzt fabelhaft benommen hat. Aber vielleicht besucht sie mich auf ihrer Rückreise in Düsseldorf. Schließlich kann sie nicht ewig in Sèvres oder Paris bleiben. Du vergißt, mein Lieber, ihre Jugend. Sie kann noch nicht tun, was sie will. Sie muß zurück zur Schule. Ach, wie lächerlich das alles ist: zu jung zu sein!"

Dann sprach Robert nicht mehr darüber. Er fragte mich, ob ich mich auf meine Rückkehr nach Berlin freue.

Ich freute mich keineswegs darauf. Es war, alles in allem, eine Reise von gut zwei Stunden. Mir aber schien es eine Reise so weit wie von einem Erdteil zum andern.

„Werde ich dich einmal wiedersehen?" fragte ich.

„Sicher", sagte Robert. Er sagte es so überzeugt, daß es mich tröstete.

Gegen Abend wanderten wir. Beide dachten wir an die Stelle aus Isoldes Brief, in der sie von ihrem Traum erzählte.

Am Tage nach der Abreise Roberts fuhr ich. Victoria war am Tage vorher das erste Mal nach der Abreise

Mühsals zum Frühstück erschienen, um Robert Gelegenheit zum Abschied zu geben. Auch heute war sie gekommen. Sie klagte über ihre Augen.

„Ich sehe heute wieder so schlecht, bald werde ich sicher ganz blind sein."

Ich wollte sie trösten. „Widersprich nicht", sagte sie hart. „Davon verstehst du nichts. Ich werde blind werden." Ich schwieg.

Ein wenig unsicher gab sie mir das Geleit. Der Wagen stand bereit. Der Kutscher hatte den Koffer neben sich gestellt. Man hatte zwei Braune angespannt, schöne junge Tiere. Die Schimmel, die Herrn Mühsal entführt hatten, durften nicht mehr benutzt werden. Victoria hatte den Auftrag gegeben, sie zu verkaufen.

„Also du willst mich nun auch verlassen?" fragte Victoria in einem kläglichen Ton. „Alles geht von mir, ich bleibe allein zurück. Allein und halb blind."

Ich küßte ihr die Hand. „Darf ich einmal wiederkommen?" fragte ich. „In den nächsten Ferien?"

„Ja, mein Kind, komme bald zurück und tröste mich. – Aber ich glaube, das ist hier kein Ort für so junge Menschen wie dich. Würdest du dich nicht langweilen?"

Ich sah sie an. Ihr Anblick rührte mich. In diesem Augenblick liebte ich sie, zerstört und närrisch, wie sie war. Sie strich über meinen Kopf. Sie schien nach einem Wort zu suchen. „Komm wieder", sagte sie dann.

Unterwegs begegnete ich dem gelben Auto Dr. Apfels, der nach Wolkin fuhr. Er erkannte mich nicht.

Er hielt das Steuer in den Händen und sah geradeaus. Seine Lippen zuckten in einem leisen Selbstgespräch.

ZWEITER TEIL

I.

Andreas Kindsberg holte Isolde in Sèvres ab. Sie war jetzt wieder gesund, nur noch etwas schwach und gereizt. Sie gingen in das kleine Pariser Hotel zurück, das im Montparnasse-Viertel lag.

Isolde machte sich auf die Heimreise gefaßt. Sie hatte noch nicht begonnen, Paris zu lieben. Der Abschied würde ihr leicht fallen, um so leichter, als sie in der Heimat Robert erwartete. Aber unter dem Vorwand, sie sei noch erholungsbedürftig und würde durch ihr Aussehen ihrem Vater auffallen, zögerte Andreas den Termin immer wieder hinaus.

Eines Morgens kam er in ihr Zimmer, während sie noch schlief. Als sie aufwachte, sah sie erschrocken in seine wachen, harten Augen. „Was gibt's denn?" fragte sie, etwas nervös und furchtsam.

Er beugte sich über sie und küßte sie. Sie sah ihn an. Dann schloß sie die Augen.

„Wollen wir nach Trouville fahren?" hörte sie seine Stimme. „Paris ist jetzt kein guter Ort für Rekonvaleszenten. Trouville hat einen Strand. Du kannst im Sand liegen, kannst schwimmen und wieder braun werden."

Isolde seufzte auf. Dann kehrten ihr, mit dem Erwachen, Kraft und Glücksgefühl wieder. „Onkel Andreas", sagte sie und lächelte, halb wie ein Kind, halb wie eine Frau.

„Ja?"

„Müssen wir nicht nach Hause?"

„Wann du willst. Nur nicht vor drei Wochen!"

„Na, schön", sagte sie und lachte ihn an.

Andreas errötete. Sie stand auf.

„Entschuldige", sagte sie.

Sie zog ihren Bademantel an und ging ins Badezimmer. Andreas Kindsberg saß noch auf dem Rande ihres Bettes, als sie zurückkam.

„Also Trouville", sagte sie. Sie setzte sich vor den Spiegel. „Warum hast du nicht die Vorhänge aufgezogen?" fragte sie.

Andreas zog die Vorhänge auf. Die Fenster waren offen. Man konnte vom Fenster aus – im vierten Stock – den Luxembourg-Garten sehen. Um diese Stunde war das Wetter, war Paris wundervoll.

„Bleibe da stehen", rief Isolde.

Als er sich umwenden durfte, saß sie wieder vor dem Spiegel.

Trouville war ein einziges Fest. Isolde, im Strandanzug, mit hellblonden Locken, spürte in einer Spannung, in der Freude und Furcht sich mischten, die Blicke der Männer. Ein junger Student, ein Schüler der *Ecole Normale,* verliebte sich in sie. Sie schwammen miteinander. Er ließ sich Andreas vorstellen, der sich zu keiner eindeutigen Haltung entschließen konnte. War er der Onkel, der alte Kamerad und Beschützer, oder war er der Liebhaber? Tatsächlich war er es nicht. Dieses Abenteuer, das er genoß, sollte nicht vergröbert werden. Schon die bloße Vorstellung erschien ihm unmöglich. Er drängte sie zurück, so oft sie sich einzustellen drohte.

Julien war reizend, aber er würde nie ein Ersatz für Robert sein können. Sie lernte Juliens Eltern kennen, aber die vermieden ganz offensichtlich die nähere Bekanntschaft mit dem merkwürdigen deutschen Paar. Juliens Bemühungen hingegen steigerten sich. Er hielt den Onkel seiner Freundin nicht für seinen Nebenbuhler, sondern eher für eine Art von Vater. Er war also auch bemüht, es ihm angenehm zu machen. Man aß zuweilen zu dritt, trotz der Szenen, die Julien zu Hause erwarteten. Eines Abends stellte er Isolde vor die Alternative, nach Deutschland gemeinsam zu fliehen und dort zu heiraten – oder seinen Selbstmord zu billigen. Die Szene endete damit, daß sie sich weinend, mit viel Zärtlichkeit, doch in reiner Freundschaft umhalsten und küßten – draußen in den Dünen.

Nachts erzählte Isolde ihrem Onkel von Juliens Exaltationen. Dr. Kindsberg beschloß, mit Isolde Trouville zu verlassen. Drei Wochen waren indessen vergangen, und er trug ungeöffnete Briefe von Herrn Perbom und einen von Robert für Isolde in der Tasche.

Am nächsten Tage fuhren sie nach Paris zurück. Isolde schrieb ein paar Abschiedszeilen an Julien. Sie lauteten:

„Forsche mir nicht nach, lieber Freund. Ich danke Dir, jetzt, da ich nach Deutschland zurückgehe, für Deine große Freundschaft. Ich kann Dir nicht versprechen, wann ich Dir schreiben werde. Aber ich tue es einmal bestimmt. Ich freue mich auf unser Wiedersehen, an das ich glaube, wenn auch viele Jahre darüber hingehen mögen. Alles Gute, alles Glück – Deine Isolde Perbom."

In Paris zeigte Andreas Kindsberg seiner Nichte die beiden Briefe ihres Vaters und den von Robert. Sie waren acht und vierzehn Tage alt. Isolde sah es und sagte nichts dazu.

Zuerst öffnete sie die Briefe ihres Vaters. Sie las sie flüchtig. Aus dem letzten, der Mahnungen zur Rückkehr und Vorwürfe wegen ihres Schweigens enthielt, entnahm sie, daß er Reichstagsabgeordneter geworden war. Sie gab die Briefe Andreas zu lesen.

Der Brief Roberts trug den Stempel: Düsseldorf. Als sie ihn öffnen wollte, zitterten ihre Hände. Sie zog rasch ihren Mantel an und stülpte sich eine kleine Strohkappe schief auf den Kopf. „Ich muß ins *Select*!" rief sie ins Zimmer von Andreas. „Komm in einer Viertelstunde nach!"

Sie lief ins *Montparnasse-Select* und bestellte einen Apéritif. Es war fünf Uhr. Sie zündete sich eine Zigarette an. Sie rauchte nie, hatte aber, seit Julien ihr ein Etui geschenkt hatte, immer ein paar Zigaretten bei sich. Rauchend, mit zitternden Händen, öffnete sie Roberts Brief.

„Meine liebe Isolde –
Dein Brief aus Sèvres – der erste, den ich von Dir habe seit unserem von Plötzlichkeit und Mißverständnissen überschatteten Abschied – hat mich bis auf den

Grund der Seele erschüttert. Wie hast Du leiden müssen, Du liebe, tapfere Iso!

Da hätten wir also ein Kind haben sollen, und es hat nicht sein dürfen. Was die Natur selbst und unsere Liebe gewollt hat, durfte sich nicht erfüllen, weil es den Konventionen widersprach. Daß wir zu früh mit dem Leben beginnen wollten – nur um ein paar Jahre zu früh –, das ist unsere große Schuld, die wir nun büßen müssen mit Verzicht und Lüge.

Wie leicht hätte es sein können, daß Du nun verzweifelst an Dir und den Menschen überhaupt. Glücklicherweise finde ich in Deinen Zeilen nichts davon, sondern nur Tapferkeit und Güte.

Du weißt: Du kannst auf mich bauen. Wir sind schon jetzt vor unserem Gewissen verbunden für immer; und in ein paar Jahren werden wir es auch vor der Welt sein. Dann werden wir die nachträgliche Sanktionierung unserer Liebe feiern können. Versprich mir, daß Du, wie ich, in Treue auf diesen Tag warten willst.

Mein Vater ist, wie Du auf anderem Wege schon erfahren hast, gestorben. Ich verzichte darauf, an dieser Stelle Gefühle zu äußern, die leicht konventionell oder unaufrichtig wirken könnten. Die veränderten Verhältnisse erlaubten mir aber endlich das ersehnte Studium an der Akademie in Düsseldorf. Ich habe hier eine freundliche kleine Wohnung gefunden, von deren Fenstern aus ich den Rhein sehen kann. Du wirst sie auf Deiner Rückreise, die ich recht bald erhoffe, kennenlernen. Vergiß nicht – ich weiß, was ich schreibe –, Deinen Onkel von mir zu grüßen, wenn er diesen Gruß annehmen will. Dir aber schicke ich eine weiße Seite von Grüßen.

Träume nie wieder, daß wir sterben müssen! Dieser Traum hat mich traurig gemacht. Wir werden ewig leben!

Schreibe mir sofort!

Robert."

Isolde hatte Rauch in die Augen bekommen, so daß sie tränten. Der Apéritif hatte sie in einen leichten Rausch versetzt.

Als sie am Ende des Briefes war, flüsterte sie mit tränenden Augen Roberts Namen und: „Ich liebe dich!"

Als der Kellner, auf das leere Glas weisend, sie fragend und lächelnd ansah, bestellte sie einen neuen Apéritif. Er kam, und der lächelnde Kellner tat aus der grünen Syphonflasche zischendes Wasser ins Glas. Isolde, ohne ihn genau zu erkennen, lächelte ihn an. „Gut", dachte sie, „ich entwickle mich zur Säuferin". Am Nebentisch saß ein halbes Dutzend junger Amerikaner in hellen Anzügen, die herüberblickten.

Dann las sie mit aller Andacht, deren sie fähig war, noch einmal den Satz von der „nachträglichen Sanktionierung unserer Liebe". „Das ist echt Robert", dachte sie. Sie dachte es sehr zärtlich und ein klein wenig spöttisch. Auch das andere war echt Robert, aber in diesem Satz war er vollkommen enthalten.

Als Andreas kam, las sie ihm diesen und den folgenden Satz vor, dann die Stelle, in der er von Veränderungen in seinem Leben schrieb, und schließlich seine Bitte, ihn in Düsseldorf zu besuchen. Zuletzt, beinahe hätte sie es vergessen, seinen Gruß an Onkel Andreas. Onkel Andreas lachte. Er lachte lauter und anders als sonst. Isolde sah ihn an.

„Was hast du?"

„Allerlei, süße Iso."

„Merkst du eigentlich, daß ich angefangen habe, mich zu betrinken?"

„Ja, Iso. Auch das merke ich. Aber es wird dir nicht bekommen. Da muß man mit kleinen Quanten anfangen."

„Schön. Dann höre ich jetzt auf." Sie tat in das leere Glas zischendes Wasser aus der grünen Flasche und trank davon. Dann zündete sie sich eine zweite Zigarette an. „Also, was sagst du zu alledem?"

„Man hat mir ein Ultimatum gestellt. Man versteht nicht, warum ich noch immer nicht zurückkomme, warum ich meinen Urlaub so weit überschreite."

„Man? Die – Kirche?"

„Ja. Und dein Vater auch."

„Schließlich auch Robert", sagte Isolde. Sie lachte. „Da sitzen wir nun hier, saufen uns einen an und schwänzen noch immer den Unterricht."

„Wie wärs, wenn wir einfach hier blieben?"

„Hier?"

„Hier – oder irgendwo sonst."

Isolde sah den Amerikanern zu. Einer, der ihr gefiel, erzählte etwas in einem Englisch, das dunkelmelodiös war, und die anderen lachten ihm zu.

„Das wäre wundervoll", sagte Isolde.

„Ja?" Dr. Kindsberg neigte sein Gesicht dem ihren zu. „Ja, Iso, wollen wir einfach ausrücken? Hierbleiben? Schwänzen?"

„Ich weiß nicht, Onkel Andreas, ich weiß nicht. Da ist Robert. Du weißt, wie ich an Robert hänge."

„Es ist richtig, du würdest Robert vielleicht aufgeben. Vielleicht, sage ich, denn wenn er dich wirklich liebt, wird er dich nie aufgeben. Andererseits gäbe ich meine Stellung und damit meinen – was man so Ehrgeiz nennt – auf. Dein Vater würde sagen: Existenz. Und er würde überhaupt finden, daß er das immer schon vermutet hätte. Vielleicht könnte man sogar die Polizei auf uns hetzen. Denn soviel Geld, um deinen Vater zu bestechen, dich mir zu lassen, soviel Geld habe ich leider nicht. Es würde nur sehr gut für uns beide reichen."

„Du glaubst im Ernst, Andreas, mein Vater würde mich einfach verkaufen?"

„Liebes Kind, ich glaube es. Ich weiß es."

Isolde sah ihn an. Sein Gesicht war verzerrt von Leidenschaften. Jetzt fand sie ihn häßlich, aber sie fand ihn herrlich so. – „Lieber Andreas", sagte sie, „ich habe dich sehr gern. Auf eine andere Art, als ich Robert gern habe, aber, glaube mir, ich sage die Wahrheit, denn ich bin ja etwas betrunken, sonst könnt ich's nicht sagen, dich habe ich viel lieber. Unendlich viel lieber. Bitte, Andreas, glaube mir das. Aber du vergißt das Leben. Es ist zum Kotzen – verzeih meine burschikose Sprache –, es ist ziemlich blöde, aber man muß es beachten. Ich werde zurückgehen. Du wirst auch zurückgehen. Ich werde

‚erwachsen werden', und du wirst noch mächtiger werden."

„Du wirst erwachsen werden – und du wirst dann diesen Robert heiraten."

„Wahrscheinlich. Weil ich dich nicht gut heiraten kann und ich Robert ja sehr gern habe."

Andreas Kindsbergs Gesicht zerfiel. Es wurde alt.

„So wird er in zehn Jahren aussehen", dachte Isolde.

Der junge Amerikaner blühte immer prächtiger, immer anmutiger auf. Isolde, die ihn und seine Freunde sah, dachte, daß noch nie ein Jüngling so geliebt wurde wie dieser da von seinen Freunden.

„In ein paar Jahren", sagte sie, „wenn ich mündig geworden bin und keine Polizei mich hindern kann, mit dir zu reisen, dann werden wir reisen. Ich verspreche dir das heute, Andreas."

„Und Robert?"

„Ach, das laß meine Sorge sein. Ich, Iso, werde nie ein Wort brechen."

„Schön. Also in fünf Jahren!"

Isolde lachte. „Ich hoffe, wir werden uns früher sehen."

Andreas Kindsberg schüttelte den Kopf. „Glaube ich nicht", sagte er. „Komm, wir wollen jetzt gehen. Wir sprechen nachher darüber. Ich habe Hunger."

Sie aßen in der *Rôtisserie de la Reine Pédoque*. Isolde hörte nicht mehr auf, beschwipst zu sein. Ihr Rausch war ihr die Entschuldigung dafür, daß sie sich über ihre Gefühle klar wurde.

„Auf dein Wohl, Andreas!"

„Danke. Auf deines! Was denkst du jetzt?"

„Nichts. Ich freu mich."

Andreas Kindsberg lächelte verzerrt. – „Jetzt versinkt alles", dachte er. „Ich gebe den Plan meines Lebens auf, allen Ehrgeiz – aber ich weiß wenigstens, daß ich nicht umsonst gelebt habe." – „Ich erziehe dich jetzt zur Feinschmeckerin", sagte er. „Bekommt dir dieser Burgunder?"

„Wunderbar, Andreas."

„Aber du siehst unglücklich aus, Iso."

Isolde schwieg. „Findest du es sehr unpassend, wenn ich jetzt rauche?" fragte sie nach einer Weile.

Andreas lachte. Er gab ihr Feuer. „Rauche nur, Iso."

Nach einer Weile fragte er wieder: „Was denkst du jetzt?"

„Daß das alles nur ein Ausflug ist", sagte Iso. „Ein Ausflug, ein ‚Die-Schule-Schwänzen.'"

Andreas antwortete nicht.

„Wohin willst du jetzt gehen?" fragte er sie später. Sie stiegen die Treppe hinunter.

„Wollen wir tanzen?" fragte Iso. Sie errötete. „Ich meine dem Tanzen zusehen!"

Sie fuhren ins *Bœuf sur le toit*. Sie saßen an einem Tisch mit drei amerikanischen Offizieren. Es war sehr eng. Die Amerikaner tanzten abwechselnd mit demselben Pariser Mädchen. Sie sagte, sie hätte in der nächsten Revue im *Moulin Rouge* eine kleine Rolle. Isolde lächelte ihr zu. Onkel Andreas sah unglücklich aus.

Sie fuhren bald nach Hause. Als sie in ihre Zimmer kamen, ergriff Andreas plötzlich ihre Hände. „Wann willst du denn nun zurückfahren?"

„Ich denke, ich soll hierbleiben –"

Er küßte sie auf die Stirn. „Ich hab's mir überlegt. Es ist besser, du fährst."

„Jetzt will ich aber nicht, Andreas." Dann, auf sein fragendes Gesicht: „Doch, ich will schon, aber nicht morgen! Wollen wir noch acht Tage – oder drei Tage bleiben? Drei Tage, Onkel Andreas!"

Als sie schon in ihrem Zimmer war, klopfte sie noch einmal an seine Tür, öffnete sie um einen Spalt und sagte: „Bitte, verzeih mir, daß ich ins *Bœuf* wollte. Ich verspreche dir, nie wieder tanzen zusehen zu wollen."

„Gute Nacht, Iso", sagte Andreas, „es war schön heute."

Andreas Kindsberg telegrafierte. Er telegrafierte mit Isoldes Vater, und er telegrafierte mit der kirchlichen Behörde. Er ersuchte sie um seinen Abschied. Er sandte einen ausführlichen Bericht über die skandinavischen Besprechungen, und er begründete den Wunsch, seine Ämter niederzulegen, mit Gewissenskonflikten. Man versuchte ihn umzustimmen. Vergebens.

Herr Perbom nahm eine drohende Haltung an. Nur die Furcht vor einem Skandal, schrieb er, verhindere ihn, die Polizei zu informieren. Daß Isolde ihre alte Schule weiterbesuche, sei bereits unmöglich geworden, da man angefangen habe, sich tolle Gerüchte über sie zu erzählen. Er sei im Begriff, deswegen nach Berlin zu übersiedeln – was ihm überdies aus Gründen seiner politischen Tätigkeit angenehm war. Er gab schließlich seinem Schwager die Frist von acht Tagen. Sei Isolde bis dann nicht gekommen, müsse er die Dienste der Polizei in Anspruch nehmen.

Als er Isolde von diesen Dingen erzählte, bat sie: „Noch nicht, Andreas. Nicht jetzt. Ich weiß ja, daß wir zurückmüssen. Aber noch nicht jetzt."

Andreas sagte: „Es handelt sich jetzt nur noch um dich, Iso. Ich bleibe hier."

Sie sah ihn erstarrt an. „Unsinn", sagte sie dann, „du willst mich allein lassen?"

Da er schwieg: „Und deine Pläne? Du willst das doch nicht alles aufgeben? Jetzt, wo ich doch auch zurückmuß?"

„Das habe ich alles schon erledigt, Iso. Ich gehe nicht zurück. – Ich warte lieber hier auf dich."

„Nein!"

„Du wirst endlich Robert antworten. Du wirst spätestens übermorgen reisen. Du hast zwei Tage für Robert in Düsseldorf. Dann fährst du nach Berlin. Du steigst in einem Hotel ab, das du mit deinem Vater vorher vereinbart hast. Er wird dich da lassen, bis ihr in spätestens vierzehn Tagen in die neue Wohnung zieht."

„Nein, nein! Ich will nicht! Ich will nicht mehr zurück!"

Andreas Kindsberg wandte sich um. Er ging hinaus. Isolde stellte sich vor den Spiegel. Sie weinte. „Was ist aus mir geworden?" fragte sie das verschwommene Bild im Spiegel.

Dann schrieb sie auf einen Zettel: „Da Du es willst, werde ich übermorgen fahren. Ich werde immer tun, was Du willst. Verzeih meinen Eigensinn vorhin. Ich komme um 8 Uhr zurück und hole Dich zum Essen ab. – Iso."

Den Zettel legte sie auf den Schreibtisch im Zimmer ihres Onkels.

Diese letzte Zeit in Paris war merkwürdig und schön für Isolde gewesen. Sie hatte in ihr allerlei verderbliche Dinge gelernt: Rauchen, Trinken, mit Anmut burschikose Worte sagen, sich schön bewegen, schön aussehen.

Andreas Kindsberg schrieb an seinen Schwager: „Isolde kommt freiwillig zurück. Warum sie so lange hierblieb, geht niemanden etwas an. Ich gebe sie Dir in jeder Beziehung rein zurück. Sprich, ich bitte Dich darum, nie ein Wort mit ihr über diese Zeit.

Was mich betrifft, so ziehe ich es vor, noch im Ausland zu bleiben. Für Isolde werde ich immer sorgen, wenn sie es wünscht oder erlaubt.

Noch eins: Vergiß nie, daß Dein Kind ein Charakter ist."

Zur festgesetzten Zeit fuhr Isolde ab. Andreas Kindsberg brachte sie zum Nordbahnhof. Isolde war ganz gefaßt. Lächelnd stieg sie in den Zug. Lächelnd stand sie am Fenster, als der Zug langsam hinausfuhr.

Andreas Kindsberg hielt ihre Hand. „Sei tapfer!" Sie nickte ihm zu. Jetzt blieb er zurück. Sie lehnte sich weit aus dem Fenster und rief ihm zu: „Auf bald!"

Hatte er sie nicht verstanden? Er winkte ihr nur zu. Jetzt konnte sie ihn nicht einmal mehr sehen.

II.

Victoria schrieb an Anton Mühsal:

„Mein lieber Freund,
Sie haben den Charme gehabt, mir ein paar Zeilen zu schreiben, in denen Sie nach meinem Befinden fragen. Es ist nicht meine Schuld, daß ich erst heute, nach einem Jahre fast, dazu komme, Ihnen zu antworten. Erreicht Sie dieses Schreiben nun noch in England? Oder an welchem Ort der Côte d'Azur?

Chèr ami, es ging mir schlecht. Es ist gewiß sehr häßlich von mir, Ihnen davon zu schreiben. Verzeihen Sie. Aber es waren I h r e Blumen, die mich beinahe getötet hätten. Beinahe nur. Ich wurde nur ein wenig blind von ihnen. Ja, ich mußte ein Sanatorium aufsuchen, was doch recht gräßlich war. Sie erinnern sich vielleicht an mein altes Augenleiden? Doch schließlich ist das nicht Ihre Schuld, lieber Freund. Ich gebe es zu. Nicht Ihre Schuld, daß ich eine solche Närrin bin, Sie auf Tod und Leben zu lieben. Aber was soll ich tun?

Sie haben mich verlassen, Anton Mühsal. Und, ich weiß, Sie können mir nicht helfen. Wenn ich Sie wiedersehen werde – und die Vorstellung, daß ich Sie wiedersehen werde, gibt mir allein die Kraft, noch zu leben –, wenn ich Sie wiedersehe, wird es nur von neuem trostlos und ergebnislos für mich sein. Ich weiß das. Ich weiß, daß Sie mich nicht lieben. Schlimmer, daß Sie mich verachten für meine blinde (wahrhaft blinde) Ergebenheit für Sie. Oft erinnere ich mich –

es ist mein einziger Trost – an die Stunden, die ich zählen kann, in denen ich glücklich mit Ihnen gewesen bin. Einmal regnete es wie heute. Dieser trostlose Genfer See. Die Panne, die das Auto hatte! Es war das, das Sir Hubert Ihnen geliehen hatte. Sie hatten keine Ahnung von der Mechanik dieser Dinger. Ich liebte Sie für den Spott, mit dem Sie das arme Ding von Auto überhäuften. Erinnern Sie sich an das Hotel? Die Gespräche der Gäste: der Krieg wäre in spätestens einem Monat zu Ende? Ja, diese ganze Atmosphäre von Regen, Krieg, Flucht, Verbannung und Yoghurt. – Nachts aber hörte es auf zu regnen.

Oder, wie Sie mir das erste Mal – auf einem Fünfuhrtee! – Ihre Gedichte sagten. Von weitem muß es ausgesehen haben, als raunten Sie mir spöttische Skandalgeschichten ins Ohr, aber es waren Ihre pathetischen Verse. Wissen Sie überhaupt, daß Ihre Gedichte pathetisch geistreich sind? Es gibt einen pathetischen Esprit. Sie haben ihn.

Und jetzt ist mir, als müßte ich Sie allein um seinetwillen lieben. Mein sehr Lieber, es gibt so viele, so zahllose Dinge, um derentwillen ich Sie lieben muß. Niemand hat wie Sie diese leichte Hand, eine unangenehme Szene auszulöschen, eine Spannung zu lösen. Ja, Sie sind von einer derart gesteigerten gesellschaftlichen Geschicklichkeit, daß Sie beinahe gut werden. Natürlich nur beinahe, denn mich töten Sie indessen.

Sie sind voller Güte, voller Geist, voller Spott. Ich weiß nicht, was ich mehr an Ihnen bewundern soll. Sie sind klug. Ihre Augen sind die klügsten Augen, die ich je sah. Daß ich sie jetzt nicht sehen darf, macht mich traurig.

Ihre Stimme, Anton Mühsal, ist nicht eigentlich schön, sie schleppt etwas zu sehr, sie prononciert Einzelnes zu sehr, sie ist zu selbstgefällig, sie ist vor lauter Bewußtheit etwas gequetscht. Und doch scheint mir in diesem Moment nichts von so betäubender Süße zu sein wie diese Stimme.

Mein Lieber, ich sehe, ich langweile Sie sehr mit meiner provinziellen Larmoyanz. Verzeihen Sie, bitte! Haben Sie eine gute Zeit gehabt bei Sir Hubert? Sprach man von mir? Gutes?

Sie wissen, ich bin elend ohne Sie. Ich war elend, bevor ich Sie kannte, aber ich wußte es doch nicht! Sie haben die Wärme und die Helligkeit in mein Leben gebracht. Jetzt, ohne Sie, ist meine Existenz sinnlos. Und das Schreckliche: ich weiß, daß sie sinnlos ist.

Es sah eine Zeitlang so aus, als sollte ich arm werden. Das ging vorüber. Keine Minute aber waren mir diese gewiß sehr schweren Sorgen lastender erschienen als der Gedanke, Sie entbehren zu müssen. Ich müßte hungern und dürsten, um Sie zu vergessen. Aber gibt es eine Sicherheit, daß nicht der Hunger und der Durst nach Ihnen größer sei?

Habe ich es nun durch diesen Brief völlig mit Ihnen verdorben? Sind Sie jetzt zornig auf mich? Ach, wie ungeschickt ich bin! Habe ich Sie verletzt? Nein, ich weiß, Sie werden mir verzeihen. Ich spüre Ihr Lächeln: Sie sind zu klug, um zornig auf mich sein zu können. Lachen Sie nur über mich. Ich sehe, daß ich mich noch verrückter aufgeführt habe als jene George

Sand, von der Sie mir erzählten, daß sie sich vor dem Hause Byrons entkleidete.

Verzeihen Sie mir dennoch! Werde ich einmal von Ihnen hören, je wieder von Ihnen hören? – Lieber Anton, verzeihen Sie, wenn ich mich damit brüstete, Sie so zu lieben. Sie wissen, es ist kein Verdienst. Ich könnte mir keine andere Tätigkeit vorstellen als diese. Ich bin zu ihr verurteilt.

Victoria."

DRITTER TEIL

I.

Als ich wieder nach Wolkin kam, war es fünf Jahre nach jenem Sommer der ersten Nachkriegsjahre. Jetzt war es Herbst, in ein paar Wochen begann mein zweites medizinisches Semester. Diesmal war es Robert, der mich in einem beinah zärtlichen Brief einlud, ihn in Stolpin zu besuchen – in Stolpin, dem Besitz von Gärten und Treibhäusern, den Berthold ihm erhalten hatte. Ich hatte Zeit, ich freute mich über die Einladung, ich war neugierig auf diese Reise in ein Stück der eigenen Vergangenheit. Diesmal fuhr ich mit einem Autobus von Potsdam aus nach Dorf Stolpin und ging von dort zu Fuß zu Roberts Besitztum. Augenscheinlich hatte man mich so früh nicht erwartet. Das Haus war leer. Das Mädchen, das aus der Küche kam, erklärte mir, die Herrschaften seien in Wolkin und hätten für den Fall meiner Ankunft hinterlassen, ich möchte sie dort anrufen.

„Die Herrschaften?" fragte ich.

„Der Herr und das Fräulein Perbom."

Also Isolde war hier.

Das Mädchen lächelte. „In vierzehn Tagen", erzählte sie, ohne daß ich sie dazu aufgefordert hätte, „soll die Hochzeit sein."

Ich starrte sie an.

„Aber vielleicht wollen Sie eine Erfrischung haben. Soll ich Ihnen Tee oder Kaffee geben?"

Ich ging an die Havel hinunter. Es war heute noch ziemlich warm, einer der letzten spätsommerlichen Tage.

„Hochzeit", summte ich. „Hochzeit zwischen Robert und Isolde".

Ich warf mich in einen Liegestuhl, der auf dem Rasen an der Anlegestelle für das Motorboot stand. In einiger Entfernung war das Bootshaus.

„Schöne Sonne", dachte ich, „Hochzeit zwischen Robert und Isolde. Deswegen die Einladung?"

Das Mädchen brachte den Kaffee und etwas Gebäck, das sie auf einen kleinen gedeckten Tisch stellte, den sie an den Liegestuhl rückte.

„Ich habe für Sie schon telefoniert", berichtete sie. „Der Herr kommt in einer halben Stunde mit dem Wagen und will Sie nach Wolkin mitnehmen. Vorläufig soll ich Ihnen einen herzlichen Gruß sagen."

Ich trank den Kaffee und dankte ihr.

„Wie heißen Sie eigentlich?" fragte ich, als sie sich schon umwandte. Sie drehte sich um und lächelte. Sie hatte mandelförmige Augen.

„Kathinka."

„Kathinka? Sie sind nicht aus der Gegend, nicht wahr?"

„Ich bin Russin."

Ich war überrascht. „Sie sprechen aber sehr gut Deutsch, so dialektfrei, darum frage ich."

„Brauchen Sie noch etwas? Zigaretten?"

„Danke, habe ich. Aber Zündhölzer vielleicht."

Sie kehrte mit einer Schachtel Zündhölzer zurück und gab mir, wortlos lächelnd, Feuer. Ein wenig verlegen bot ich ihr eine Zigarette an. Sie lehnte sie ab. Ich hatte ihr die Zigarette angeboten, weil sie ein wenig in mir die Vorstellung der „Dame" erweckte.

Sie schien mit einer wahren Hingabe zu dienen. Aber sie tat es mit der Eleganz einer Frau von großer Erziehung.

Als sie ins Haus zurückgegangen war, hörte ich, wie ein Auto die Anfahrt nahm und vor dem Haus hielt. Ich erhob mich rasch und lief auf das Haus zu. Robert sprang die Stufen zum Garten hinab und eilte mir entgegen.

„Robert", rief ich, „das bist du? Beinah unverändert!"

Robert lachte. Er sah gut aus. „Aber du", sagte er, „du bist ja inzwischen ein junger Herr geworden."

„In fünf Jahren", sagte ich.

Wir lachten. Wir starrten uns an, etwas betäubt vom Wiedersehen, aber überaus befriedigt.

„Hat Kathinka dich inzwischen gut versorgt?"

„Wundervoll versorgt."

Langsam gingen wir zum Auto und stiegen ein. „Entschuldige", sagte Robert, „ich entführe dich nach Wolkin. Deine Cousine will dich sehen. Sie hat plötzlich große Sehnsucht nach dir bekommen, als wir ihr sagten, du kämst zu uns. Außerdem feiert sie heute ihren Geburtstag."

Daß Victoria überhaupt jemand war, der Geburtstage feierte wie irgendein anderer, überraschte mich. Ich sagte das Robert. Was für eine merkwürdige Vorstellung mußte ich von ihr haben! Dabei überlegte ich mir, wie alt sie sein mochte.

„Schade", sagte ich, „daß man eine Frau nicht gut nach ihrem Alter fragen kann."

„Aber Victoria sagt es einem doch von selbst."

„Wirklich?"

„Sie ist sechsunddreißig Jahre alt geworden."

„Das klingt wie ein Nachruf."

„Um Gottes willen, beschrei's nicht!"

Wir lächelten. Ich stellte fest, daß Robert ein guter Fahrer war.

„Wunderbar – eure Landschaft", sagte ich.

Robert schwieg. „Übrigens", sagte er später, „vor drei Tagen ist Herr Mühsal nach Wolkin gekommen. Er hatte aus irgendwelchen Gründen in Berlin zu tun gehabt, und da fand er's dann wohl angenehm, einen Abstecher nach Wolkin zu machen."

„Und wie nimmt Victoria ihn auf?" fragte ich Robert.

„Gott – einfach etwas zu feierlich. Sie spielt ganz die Dame, tut reserviert, aber äußerst liebenswürdig – und plötzlich bricht dann der helle Wahnsinn aus ihr aus. Sie ist noch immer in diesen Kerl vernarrt. Das ist ganz eindeutig. Auch für ihn ganz eindeutig, was ich peinlich finde."

„Sicher keine glänzende Taktik", dachte ich für mich. „Wenn ich nicht wüßte", sagte ich zu Robert, „daß Victorias Art zu lieben so abnorm ist, müßte man Angst vor der Liebe bekommen." Robert zuckte die Achseln. „Ich gebe zu", sagte ich, „daß man vierzehn Tage vor seiner Hochzeit nicht aufgelegt ist, über Liebestragödien zu sprechen."

Robert lachte laut. „Kennst du unseren guten alten See wieder?" fragte er.

„Ich sehe ihn schon immerzu. Aber jetzt ist es zum Schwimmen sicher zu kalt."

„Wie verweichlicht du bist! Schade, daß ich dich so lange aus den Augen verloren habe."

Ich dachte, daß dies „Aus-den-Augen-verlieren" seinerseits etwas freiwillig gewesen sein müßte, denn ich hatte ihm in der Zwischenzeit drei Briefe geschrieben, die ohne Antwort geblieben waren. Aber es wäre mir jetzt unangenehm gewesen, an sie zu erinnern.

„Sicher bist du in dieser Zeit ein großer Maler geworden", sagte ich. Robert verzog den Mund. „Nee", sagte er breit. Indessen waren wir angekommen. Ich stieg aus.

Mit einem Blick umarmte, streichelte, küßte ich das Haus und den Park. Es war noch etwas Sonne da, von dem gleichsam rostigen Schimmer, den sie nur im Herbst hat. Einen kleinen Modergeruch spürte ich, etwas faulig und süß. Ein junger Mann erschien, begrüßte uns und fuhr das Auto in die Garage – ein früheres Stallgebäude. Ich vernahm Stimmen, die ich nicht sofort identifizierte. Da nahm mich Robert am Arm und ging mit mir ins Haus.

Nichts ergreift mich so, wie Leute, die ich gut kannte, nach geraumer Zeit wiederzusehen. Warum vermag etwas so Banales wie der Ablauf der Zeit uns überhaupt zu ergreifen? Warum waren mir die Tränen nahe, als ich Victoria, als ich Anton Mühsal wiedersah? Warum ergriffen mich die alten Räume, der alte Durchblick auf den Park? Eine Ausnahme nur machten Isolde und Robert. Genaugenommen nur Isolde, und auch die nur auf den ersten Blick.

Vielleicht berührt uns dies Wiedersehen nur deshalb so stark, weil es uns das eigene Älterwerden, dessen wir allein ja nicht gewahr werden können, vor Augen führt. Die Veränderungen der anderen sind ein Spiegel für unsere eigene Veränderung. Nun hätte ja an sich die bloße Tatsache, fünf Jahre älter zu sein als „damals", nichts Tragisches.

Nicht immer sind fünf Jahre Jahre des Verfalls und Abstiegs, ebensooft Jahre der Entwicklung. So fiel mir sogar bei Victoria auf, daß sie nicht etwa älter aussah als damals, eher jünger. Sie war jetzt von einer gespannten Nervosität, die typisch jung ist. Sie hatte ein paar schönere Bewegungen bekommen, und ihr Gesicht, ehemals etwas zu breit und abwechselnd starr oder von flackernder Unruhe, war schmaler; profilierter und harmonischer geworden. Die neue Victoria ähnelte der früheren wie zwei Porträts sich ähneln, die das gleiche Modell darstellen, aber beide Male von einem anderen Künstler gemalt.

Und doch ergriff mich ihr Anblick. Ich glaube, ich empfand damals fast halluzinatorisch deutlich unsere persönliche Ohnmacht, die all diesen Veränderungen zugrunde lag. Die biologische Gesetzmäßigkeit, der wir ausgeliefert sind. Man neigt oft dazu, Veränderungen eines Charakters als persönliches Verdienst oder Versagen zu betrachten, und da sah ich auf einmal die absolute Unschuld und Passivität dessen, der sich da verändert hat. Was mich so stark berührte, war, daß der bloße Ablauf von Zeit eine so ungeheure Rolle in unserem Leben spielt. „Wozu dieser Aufwand von Veränderung", fragte ich mich, „von Entwicklung und Verfall, wenn er doch schließlich ins Nichts, in die absolute Leere führt?" Fünf Jahre hatte Victoria damit verbracht, jemanden zu lieben, den sie nicht sah. In diesen fünf Jahren waren viele Faktoren wirksam gewesen, sie zu verändern – deren sie persönlich keineswegs Herr war –: die einfache Tatsache des Älterwerdens, ihre Erlebnisse, ihre Sehnsucht, ihr Milieu (oder sollte man sagen, ihre Isolation?). Noch hatte sie fünf Jahre etwa, in denen sie, ohne lächerlich zu werden, hätte lieben können. Und diese gleiche Zeitspanne hatte sie soeben vertan mit Warten, mit einem aussichtslosen Verharren in einem Zustand der Sehnsucht, der Resignation, der Tricks, der Einschläferung ihres Leids durch Drogen. Fünf Jahre waren, gemessen an ihren Wünschen, verloren, weil sie sie – im Sinne ihrer Wünsche – nutzlos verbracht hatte. Weitere fünf Jahre – und das Problem ihrer Wünsche würde sich dadurch erledigen, daß sie aufhören würde, welche zu haben. So würde sie, gewöhnt an die Nicht-Erfüllung ihrer Wünsche und bereits unfähig geworden, neue zu haben, altern und vielleicht nicht einmal mehr traurig sein.

So unterstehen wir nicht so sehr den Gesetzen unserer besonderen Konstitution, unserer besonderen sozialen Lage oder sonst einem individuellen Geschick, sondern vor allem dem biologischen Gesetz des Wachsens, Älterwerdens, Sterbens – einem Prozeß, der über alle unsere Bestrebungen, Wünsche und Fixierungen unbarmherzig hinweggeht.

„Komm", sagte Victoria, „laß dich Herrn Mühsal zeigen. Er ist neugierig gewesen, dich wiederzusehen. Hat er dir nicht einmal seine Gedichte geschickt?"

Ich war erstaunt, daß Victoria sich an diese Einzelheit – eine Freundlichkeit, die ihr Geliebter mir erwiesen hatte – noch erinnerte. Damals, erschien es mir, hatte sie diese Sendung überhaupt nicht bemerkt.

„Ich habe oft an Sie gedacht", sagte mir Herr Mühsal. „Und Sie? Aber wenn man jung ist, in Ihrem Alter, vergißt man schnell. Man ist noch so hilflos jedem neuen Eindruck ausgeliefert, jedem Examen, einer Schülerfreundschaft, einer Verliebtheit, einem neuen Buch. Ich kenne das."

Ich versicherte ihm, daß ich ihn trotzdem nicht vergessen hätte. „Ich habe Ihr neues Buch gelesen" sagte ich ihm. Es war dies ein Buch, das Aufsätze über Europa enthielt, verspielte, geistreiche Feuilletons über die Schönheit und die historische Sendung Europas. Das Buch hatte mich nacheinander enttäuscht und entzückt. Enttäuscht, weil ich eine Dichtung, ein „Werk" erwartet hatte. Entzückt durch seine persönliche Perspektive und die artistische Kultur, mit der er sie aufzeichnete.

„Das hat Sie gewiß sehr gelangweilt, ach, widersprechen Sie nicht, Sie Höflicher! Ich weiß, derlei ist nichts für junge Leute."

Ich empfand in der Bemerkung über die „jungen Leute" eine Unsicherheit, die er damals nicht gehabt hätte. Allerdings war Mühsal in den vergangenen fünf Jahren „aus der Mode gekommen" – in der er übrigens nie ganz gewesen war. Als ich ihm sagte, daß ich sein Buch sehr liebe, gab er sich zufrieden. „Und Sie?“ fragte er. „Schreiben Sie?“

Ich sprach ihm von meinem Studium. Er war enttäuscht. „Aber nein, dazu sind Sie zu schade. Sie sind ein geborener écrivain. Ich kenne mich da aus.“

Ich lächelte geschmeichelt – oder hielt es doch für höflich, vorzugeben, ich sei geschmeichelt. „Aber Sie kennen doch gar nichts von mir“, sagte ich.

„Als ob man etwas kennen müßte von einem, den man sehen und sprechen kann“, erwiderte er.

Victoria hatte während unserer ganzen Unterhaltung ein glückliches Lächeln. Ich spürte, daß sie die Anerkennung, die Herr Mühsal mir so freigebig zollte, wie eine Anerkennung der eigenen Person hinnahm – etwa wie eine Mutter, der man Schmeichelhaftes über ihren Sohn sagt. Aber auch wie eine Schwester, die befriedigt feststellt, daß ihr Geliebter gut auskommt mit ihrem Lieblingsbruder. Ich glaubte, daraus auf eine große Anhänglichkeit Victorias an mich schließen zu sollen. Später sah ich aber, es war hauptsächlich diese Überlegung, die Victoria angestellt hatte: Mühsal kannte mich durch sie. Für ihn war ich also jemand, der in ihm immer die Erinnerung an „Victoria“ wecken würde. Je freundlicher er zu mir stand, um so besser also für sie.

„Nun, ich hoffe, daß ich Sie die Woche über, die ich hierbleibe, oft sehen werde – wie damals“, sagte Mühsal zu mir. Er hatte das Lächeln eines großen Herrn, der weiß, daß seine so liebenswürdig hervorgebrachten Bitten um Gesellschaft den Gebetenen nur glücklich machen können.

Victoria, befriedigt, ihrem Geliebten einen Gefallen erweisen zu können, begann sogleich über mich zu verfügen. Sie behandelte mich, bei aller wirklichen Freundschaft, die sie für mich empfand, im Moment ein wenig wie einen kostbaren Gegenstand – ein berühmtes Bild, ein schönes Möbel, das jemand, den man liebt, zu haben wünscht, und das man eilig ist, ihm anzubieten.

„Aber natürlich", sagte sie lebhaft. „Sie werden ihn alle Tage sehen. Er wird im Hause wohnen."

„Verzeihung, ich wohne schon bei Robert. Ich möchte Robert nicht kränken."

„Ach, das arrangieren wir sofort." Und schon war sie auf dem Wege, Robert zu suchen.

„Sie sehen", sagte Herr Mühsal, „wie Ihre Cousine an Ihnen hängt. Wollen Sie ihr nicht den Gefallen tun?"

Ich fragte mich, ob Herr Mühsal wirklich den Eifer Victorias derart mißdeutete, oder ob er es nur angenehmer fand, ihm einen falschen Kommentar zu geben, weil er mich vielleicht für empfindlich hielt.

„Du willst mich schon am ersten Tag wieder verlassen?" fragte Robert. „Gegen zwei komme ich natürlich nicht auf. Ich bin vorläufig ja nur einer." Isolde wohnte nämlich bis zur Hochzeit bei Victoria. „Aber ich sehe, ich tue dir einen Gefallen, wenn ich dich hierlasse." Er blinzelte mir dabei zu, als habe er die Situation verstanden. Ich ging mit ihm hinaus.

„Verstehst du?" fragte ich ihn, „ich glaube, ich muß es tun. Für eine Woche. Dann komme ich zu dir – wenn du dann noch willst."

Robert lachte. „Ich verstehe schon. Die beiden haben Angst, zu zweit zu sein. Isolde zählt nicht so recht, weißt du?"

„Warum zählt Isolde nicht?"

Er dachte nach. Dann sagte er: „Das erkläre ich dir besser in den acht Tagen, die wir vor der Hochzeit noch miteinander haben. – Ach, da ist nichts Großes dabei, Isolde ist viel mit mir zusammen, und wenn sie in Wolkin ist, ist sie oft sehr abwesend."

„So sehr liebt sie dich?"

Robert ging ein paar Schritte voraus. Er brach ein paar Astern.

„Für dich, mein Lieber. Magst du nicht Blumen?"

„Sehr." Genaugenommen hatte ich kein spezielles Verhältnis zu Blumen. Aber auf die Art, wie sie mir hier gegeben wurden, wäre mir ein „Nein" wenig höflich erschienen. Bei alledem dachte ich nur daran, daß Robert meine Erklärung für Isoldes „Abwesenheiten" überhört hatte. Ich erinnerte mich an ihre Reise mit ihrem Onkel. Aber ich wagte nicht, jetzt Robert zu fragen, wie dieses Verhältnis, das ihn damals so beunruhigt hatte, sich entwickelt hätte. Vielleicht war da ein Zusammenhang mit ihrer „Abwesenheit"?

„Also abgemacht", sagte ich, „ich darf eine Woche hierbleiben?"

„Eine Woche. Und keinen Tag länger."

Wir gaben uns – ironisch lächelnd wie zur Entschuldigung für die Geste – die Hand. Dabei erinnerte ich mich plötzlich an jene Szene, da ich ihn mit Isolde im Walde gefunden hatte. So hatte er mir damals, als ich angesichts einer für mich ungeheuerlichen

Situation zu weinen begonnen hatte, die Hand gegeben. Ob er sich daran erinnerte? Nun, ich würde ihn nie danach fragen.

Isolde hatte ich damals geduzt, weil sie, selbst beinahe noch ein Kind, „du" zu mir gesagt hatte. Jetzt sagten wir „Sie" zueinander. Es geschah mit einem kleinen Lächeln, wie bei alten Kameraden, die einmal etwas gemeinsam ausgeheckt hatten, was sie nun aber, alt und vernünftig geworden, nicht mehr zu erwähnen entschlossen sind.

Sie hatte eine sehr offene Art, über Persönliches zu sprechen. „Sie sind schmaler im Gesicht geworden", sagte sie. „Ich habe Sie nicht so ausgesprochen langschädlig in Erinnerung gehabt. Aber Ihre Augen sind genau die gleichen geblieben." Dabei lächelte sie mir freundlich zu, als habe sie mir Komplimente gemacht. Und tatsächlich fügte sie hinzu: „Ich hoffe, daß wir uns nun in geringeren Intervallen sehen werden."

Sie selbst hatte sich am wenigsten verändert. Sie war schon als Kind ziemlich erwachsen gewesen, von einer etwas herben Damenhaftigkeit. Das war jetzt noch markierter geworden.

Das Blond ihres Haares war noch heller geworden, und unter den Augen lagen kaum merkbare bläuliche Schatten. Ihr Mund war, wie mir schien, auffallend schmal geworden. Sie vereinte in ihrem Aussehen herbste, beinahe spöttische Zurückhaltung mit einer durchaus sinnlichen Schönheit, die irgendwie lasterhaft schien (das mußte in Mund und Blick sitzen, schien mir).

Versuchte ich, sie mir als Roberts Frau vorzustellen, spürte ich, daß das nicht ganz möglich war. Und was mir vor fünf Jahren als eine ideale Vereinigung erschienen wäre, schien mir heute auf den ersten Blick minder ideal. Allerdings sagte ich mir, daß dieses sicher große gemeinsame Erlebnis von damals einen vielleicht unerschöpflichen Fundus von Liebe und gegenseitigem Vertrauen darstellen könnte.

„Warum trinken Sie nicht?" fragte sie mich. Wir waren beim Abendessen. Mir fiel auf, daß sie viel trank. „Ich erinnere mich", fuhr sie fort, „daß Sie sich damals einmal betrunken hatten. Sie waren sehr komisch dabei. Und Sie behaupten, daß sie das jetzt ganz aufgegeben hätten?"

Ich versicherte ihr, daß ich nichts gegen das Trinken hätte.

„Dann sind Sie immerhin sehr maßvoll geworden", bemerkte sie. Das klang wie ein Tadel. „Ich für mein Teil geniere mich wenig, wenn ich Durst habe."

Es mutete mich etwas grotesk an, was sie da sagte. Halb klang es nach Pensionats-Tochter, halb nach alter, aristokratisch-schrulliger Dame. Nur ihr Gesicht entsprach in nichts diesen beiden Bildern. Es blieb das Gesicht eines strengen Engels, der wußte, wie schön er war.

„Andererseits", erklärte sie mir – und jetzt sprach sie von Robert wie eine etwas ältere, verständigere Schwester – „was unseren Freund Robert betrifft, der ist geradezu ein Trunkenbold geworden. Glauben Sie nicht? Sehen Sie ihn doch! ‚Ein schönes Ehepaar', werden Sie denken. Ach ja, in gewisser Beziehung passen wir doch nicht so ganz schlecht zusammen."

Hatte sie meine Gedanken erraten? Warum verteidigte sie sonst plötzlich ihre Ehe vor mir?

Da toastete Robert, der bemerkt hatte, daß wir über ihn gesprochen hatten, uns zu.

„Hallo!" sagte Isolde. – Sie glaubte, daß man in England bei jeder Gelegenheit „hallo" sagte. Sie hatte es von einer Freundin, die in England gewesen war, übernommen. Als sie mir nachts auf Wiedersehen sagte, sagte sie: „bye-bye".

„Hallo", rief Robert zurück, „ist das ein Wein?"

„Erzählen Sie mir von Robert", bat ich Isolde. „Wissen Sie, worauf ich am meisten neugierig bei ihm bin? Auf die Bilder, die er malt."

„Aber er malt doch gar keine Bilder."

Die Vorstellung eines Roberts, der keine Bilder malte, der nicht seinem stärksten Wunsche von damals nachgegangen war, schien mir so absurd, daß ich zunächst glaubte, Isoldes Äußerung enthielte nur eine negative Kritik der Erzeugnisse Roberts.

„Wissen Sie denn das nicht?" fragte sie mich. „Ach, ich erinnere mich, er hat Ihnen damals mit seiner Kunst in den Ohren gelegen. Nicht Ihnen allein übrigens. Nun, in seinem ersten Bauhausjahr hat er eben einige Klee'ide Sächelchen gemalt. Ich habe ein paar davon zu meinen Geburtstagen und zu Weihnachten bekommen und mehr aus Liebe für ihren Schöpfer damit mein Zimmer geschmückt. Nein, nein, das hat er lange aufgegeben. – Mein Gott, warum sehen Sie so enttäuscht aus?"

„Ich bin nicht enttäuscht. Ich gewöhne mich nur erst an die Vorstellung, daß Robert also kein Maler geworden ist."

Isolde lachte. Robert fragte lächelnd herüber: „Lacht ihr über mich?"

„Ja", sagte Isolde und lachte.

„Nein", versicherte ich ihm.

„Und wollen Sie wissen, was er geworden ist?" fragte mich Isolde. Sie hatte etwas Triumphierendes, wie jemand, der uns eine köstliche Überraschung bereiten wird, die er, um sie noch zu vergrößern, recht lange hinauszögert. „Aber Sie werden es nicht erraten: Gärtner. Dasselbe wie sein Vater. Ja, er züchtet Blumen und Früchte. Übrigens mit Erfolg. Aber das liegt zum größten Teil, wie er Ihnen selbst zugeben wird – denn er ist ja nicht unbescheiden –, an dem alten Berthold. Was für ein guter Einfall das war, ihn zu übernehmen!"

Ich fragte sie, ob Robert von einem Tag zum andern aus Weimar (wo damals das „Bauhaus" war) nach Stolpin zum Blumenzüchten gekommen sei.

„Natürlich nicht", sagte sie. „Sie wissen vielleicht noch nicht, bei Ihrer eigenen Jugend, wie schwer man sich von seinen frühen Illusionen löst. Nachdem er einsah, daß es mit dem Malen nichts werden würde – natürlich sage ich ihm immer, er sei zu jung, um das selbst beurteilen zu können, er könne ja noch immer ein ausgezeichneter Künstler werden, ich sage ihm das zu seinem Trost –, danach also kümmerte er sich um die Architektur und, was bei seiner Herkunft ja nahelag, um Gartenarchitektur. Fragen Sie ihn selbst, warum er nicht dabeiblieb. Um ein Architekt zu sein, genügt es, die Mathematik und einige physikalische Grundgesetze zu beherrschen. Man muß dazu nicht gleich ein großer Künstler sein. Das wissen Sie genausogut wie ich. Aber Robert wollte nie viel von Mathematik wissen" – während Isolde in diesem Fach ihre besten Zensuren erhalten hatte – „und ich fürchte, die höchst künstlerischen Entwürfe, die er für einige Zweckbauten anfertigte, waren nicht sehr geeignet. In einer Stadt, nach Roberts Entwürfen gebaut, zu wohnen, wäre wie im Erdbebengebiet Südamerikas oder Japans zu Hause sein. Was die Stabilität der Häuser betrifft."

Das alles brachte sie in einem forciert munteren Ton hervor. Sie zwinkerte mir zu; wie einem Kameraden, mit dem man gemeinsam über einen dritten, mit dem man ebenso befreundet ist, scherzt. Sie sprach absichtlich so laut dabei, daß es Robert und die anderen hören sollten.

„Höre nicht auf sie!" rief Robert herüber. „Lästert sie wieder über mich?" So fragte er, in dem Glauben, ich wüßte nicht, daß er alles gehört hatte.

Als ich spät in mein Zimmer kam – es war dasselbe, das ich vor fünf Jahren gehabt hatte –, war ich glücklich, allein zu sein. Neben diesem Glück empfand ich das, das in der Überbrückung der Zeit liegt.

Was auch alles vorgegangen sein mochte, die Orte und Räume bewahren immer genug von damals, enthalten von einem früheren Leben eine sichere Quantität. Ich begrüßte das Fensterbrett, das Fensterbrett, das eines Mittags so heiß gewesen war, daß ich glaubte, mir die Fingerspitzen daran zu verbrennen. Von hier aus hatte ich Robert Berthold helfen sehen und hatte ein Tomaten pflückendes Küchenmädchen beobachtet.

Und hier hatte ich, bevor ich zu Bett ging, wie jetzt die frische Luft eingesogen, während die Eindrücke des Abends und des ganzen Tages in einer rein assoziativen Ordnung noch einmal vor meinen Sinnen auftauchten.

Ein greller Lichtschein spaltete das Dunkel: Roberts Wagen suchte mit den Scheinwerfern seinen Weg. Er war schon an einer Biegung. Das Licht war wie ein letzter Gruß.

11.

Isolde sah ich in dieser Zeit oft, und ich dachte auch über die Ursachen ihrer Veränderung nach. Und da schien mir, sie habe sich nicht eigentlich verändert, insofern viele Grundeigenschaften bei ihr geblieben waren. Nur hatten diese ihren Akzent, ihr „Vorzeichen" geändert. Sie war, zum Beispiel, immer „herb" gewesen, aber damals war sie es vor allem gegen sich selbst gewesen, heute war sie es gegen Robert und allgemein gegen ihre Umwelt; und die Zärtlichkeit, die sie damals für Robert gehabt hatte, verschenkte sie heute nach einem schwerverständlichen Prinzip der Auswahl an irgendwelche Fremde, an Dienstpersonal, an ihren Vater – den sie einst mißachtet hatte. Bei ihrem

Verhalten ihrem Vater gegenüber mochte der Umstand eine Rolle spielen, daß sie es für eleganter hielt, die Freundschaft mit einer so prominenten Persönlichkeit, mit der man zufällig im engsten verwandtschaftlichen Verhältnis stand, zu betonen.

Herr Perbom war nämlich Mitglied jenes „Inflations-Kabinetts" Cuno gewesen. Den Bemühungen, die er seit Jahren angestellt hatte, war somit eine kurzfristige Blüte beschert gewesen. Vielleicht hatte sie auch folgender Umstand beeinflußt: Ihr Vater hatte sie finanziell immer sehr knapp gehalten. Dieser ihre Beziehungen so erschwerende Umstand war von dem vor ein paar Wochen eingetretenen Tage ihrer Mündigkeit ab weggefallen. Sie hatte die Verfügungsfreiheit über eine nicht unbeträchtliche Erbschaft von seiten ihrer Mutter erhalten. Ein Gefühl völliger Freiheit und Selbständigkeit mochte sie erfüllen.

Nach Tisch – an einem der nächsten Tage – nahm sie mich am Arm und ging mit mir durch den Park in den Wald, der am westlichen Seeufer lag.

Sie schien einen sanfteren Tag zu haben. Wir setzten uns hier unter die Bäume, es war windstill, und die Mittagssonne wärmte uns.

„Heute abend kommt Robert", sagte ich. Sie nickte.

Sie machte dabei so wenig den Eindruck einer Braut, einer jungen Frau, die sich auf die Vermählung mit dem geliebten Mann freut, sie sah so nachdenklich und traurig aus, als ich den Namen Robert erwähnte, daß ich sie fragte, ob sie etwas gegen Robert hätte.

Sie schüttelte den Kopf. „Aber nein", sagte sie aufrichtig, „ich habe ihn gern. Wissen Sie das nicht? Und dann kenne ich ihn schon so lange. Ist es da nicht das Natürlichste, daß wir jetzt heiraten?"

Sie richtete diese Sätze in der Frageform an mich, aber es schien mir, sie lege sich selbst die Frage noch einmal vor.

„Wissen möchte ich nur eins: ob Robert etwas dagegen hätte, wenn ich für eine kurze Zeit meinen Onkel in Paris besuchen würde. Ohne Robert. Glauben Sie, daß ihn das kränken würde? Er mag Sie doch gern, vielleicht könnten Sie ihn davon überzeugen, wie dumm es von ihm wäre, gekränkt zu sein."

Ich lächelte.

„Was meinen Sie dazu?" fragte sie. „Sie glauben, es würde ihn unglücklich machen, nicht wahr? Ja, ich glaube es auch. Aber ich muß nach Paris!"

„Kann denn Ihr Onkel nicht herkommen?"

„Zur Hochzeit? Unmöglich." Und sie fügte hinzu: „Und wenn es auch Robert so sehr kränken sollte, daß er mich nicht mehr heiraten will – ich muß jetzt nach Paris."

„Was? Vor Ihrer Hochzeit?"

„Ich habe mir überlegt, daß es das Anständigste ist. Weil ich damit Robert noch freie Hand lasse."

„Aber er hat ja gar nicht mehr ‚freie Hand', weil er Sie dazu zu sehr liebt. Wenn Sie jetzt reisen, wird es einfach für ihn nur noch unangenehmer sein, als wenn Sie nach der Hochzeit reisten. Da könnte Sie Robert begleiten, Sie könnten das Ganze als Hochzeitsreise an die südfranzösische Küste arrangieren.

Aber warum nur wegen einiger Tage alles unnötig komplizieren? – Und Robert? Ahnt er schon von Ihren Plänen?"

„Er weiß nichts und ahnt nichts."

„Isolde, warum quälen Sie Robert? Wer zwingt Sie dazu? Ihr Onkel?" Als sie jetzt die Augen niederschlug, hatte sie den Ausdruck eines gescholtenen Schulmädchens. Dann sagte sie schlicht: „Mein Onkel wünscht, daß ich Robert heirate. Er hat damals, als er ihn hier sah, einen guten Eindruck von ihm empfangen. Ich mußte ihm in der Zwischenzeit über ihn berichten. Er kennt sogar seine Arbeiten, sogar –", hier schwieg sie, dann setzte sie, rot geworden, fort: „– seine Briefe. Die Briefe, die er an mich geschrieben hat."

„Die haben Sie Ihrem Onkel gezeigt?"

„Er wollte sie von mir geschickt haben. Er wollte, schrieb er mir, wissen, wen ich heiraten würde. Und er findet, daß Robert ein passender Mann für mich ist."

„Und er selbst?"

„Ich weiß nicht. Meistens ist er in Paris. Und sehr oft in einem Ort in der Normandie. Er muß da ein kleines Haus gekauft haben, aber er schreibt mir nie von sich. Er fragt nur. Und manchmal spielt er auf unsere Reise von damals an."

„Merkwürdig. Und jetzt will er Sie unbedingt sehen?"

Sie schüttelte den Kopf. „Kommen Sie", sagte sie. Sie stand auf. Wir gingen ans Seeufer. Die Sonne stand hinter den Wolken. Ich fröstelte etwas.

„Also geht der Reiseplan nicht einmal von ihm aus?"

„Im Gegenteil. Er darf nichts wissen davon. Denn wenn er es wüßte, würde er sehr böse werden und mich zu zwingen versuchen, hierzubleiben. Ich wollte schon so oft zu ihm. Aber er will mich nicht sehen. Nur, müssen Sie wissen, habe ich ihm damals versprochen, ihn jetzt unbedingt zu treffen, auch, wenn ich Robert heiraten wollte. Ein Versprechen werde ich nie brechen. Selbst, wenn der andere es lieber gebrochen sähe."

Ich schwieg. Ich wußte nicht, was ich sagen sollte. Ihr Starrsinn, fühlte ich, wäre durch nichts zu erschüttern gewesen. Was nützte auch die Überlegung, daß dieser Starrsinn eine Art Verrücktheit sein könne? Man empfindet ja jedes Festhalten an einer einzelnen Sache über Jahre hinaus, die alle übrigen Umstände verändert haben, immer als ein wenig verrückt. So etwa bei der Trägerin eines altmodischen Kapotthutes inmitten eines modernen Milieus, oder bei dem Fahrer eines der ältesten Automodelle in einer heutigen Großstadtstraße.

Nein, ich gab es gleich auf, ihre Entschlossenheit brechen zu wollen. Sie erinnerte mich jetzt an ihren Vater. Der hatte seine Karriere mit dem gleichen Starrsinn, der gleichen axiomatischen Art zu denken und zu sprechen, gemacht, auch mit der gleichen Geschicklichkeit, sich bei alledem noch ein Ansehen hoher Moralität zu geben. „Ein Versprechen werde ich nie brechen. Selbst, wenn der andere es lieber gebrochen sähe."

Darin erkannte ich den Ton der Agitationsreden des Abgeordneten Perbom wieder. Eine Weile überlegte ich mir, ob sie da nicht ihren Vater wörtlich zitiert habe.

Wir gingen zurück. „Es ist mir natürlich gleich, ob Sie Robert davon erzählen", sagte sie, „ich würde nur gern wissen, was Sie nun tun werden."

„Nichts."

Sie gab mir die Hand. Ich nahm sie mit einem kleinen Unwillen.

„Dann müssen Sie aber auch ein freundlicheres Gesicht machen", bat sie.

„Ich werde mir Mühe geben", versprach ich.

Ich hatte wirklich nicht die Absicht, Robert aufzuklären. Ich fühlte mich einfach nicht berechtigt, Schicksal zu spielen. Allerdings, spielte ich es nicht auch, wenn ich schwieg? Aber dann geschah doch wenigstens nichts, was nicht auch geschehen wäre, wenn ich nicht hiergewesen wäre. Und schließlich fühlte ich mich Isolde gegenüber zu befreundet, um sie zu verraten. Wenn sie schon auf meine Einwände nichts gab, sollte sie doch meiner Neutralität versichert sein.

Und als mich Robert nach dem Abendessen vertraulich beiseite nahm und mit einem verlegenen Lächeln fragte: „Sag, mein Lieber, wie kommst du eigentlich mit Iso aus? Sprecht ihr viel miteinander? Hat sie sich bei dir über mich beklagt?", sagte ich ihm, ich fände sie reizend – und daß sie im übrigen gar nicht daran dächte, sich über ihn zu beklagen. Welch letztere Behauptung ja auch wörtlich der Wahrheit entsprach. Aber mich wunderte doch der Instinkt Roberts, mit dem er gespürt hatte, daß Isolde Dinge, die sie ihm wohlweislich verschwieg, durchaus imstande war, mir mitzuteilen ...

Das Leben in diesen Tagen hatte wenig Ähnlichkeit mit dem vor fünf Jahren. Scheinbar war ja die Situation nicht allzu verschieden. Aber während damals alles, was geschah, einen gleichsam lyrischen Unterton hatte, was nicht nur daran lag, daß die Beziehungen meiner Freunde damals noch in einem vagen Anfang standen, sondern mehr noch an meinem eigenen kindlichen Alter, so war jetzt bereits etwas von Unabänderlichkeit über allem. Und ich selbst war inzwischen fähig geworden, etwas von der Gesetzmäßigkeit des Schicksals, ich möchte sagen: von seiner Mechanik, zu verspüren.

Mit Isolde sprach ich nicht mehr über den Pariser Reiseplan. Ich fragte sie nur einmal, wann sie denn uns verlassen würde – mit einem kleinen Versuch, durch eine humoristische Redewendung ihr ihre Pläne vor sich selber ein wenig ins Lächerliche zu rücken, diesem Versuch, den man immer wieder vergebens macht – sie antwortete mit einem Achselzucken und einem Lächeln, das vieldeutig hätte sein sollen, mir aber eher Ratlosigkeit einzugestehen schien.

Die Wahrheit war, daß sie keineswegs so entschlossen war, wie sie es mir gegenüber vorgegeben hatte. Ihr Onkel hatte sie so wenig ermuntert, ihn zu besuchen, daß es schon eher einem Verbot gleichkam, ja, dem dringenden Wunsch, ihn nicht zu besuchen. Aber gerade die Verweigerung reizte ihre Neugier und ihr Mißtrauen. Später, als ihr Aufklärung zuteil geworden war, sagte sie: „Ich hatte doch gleich das Gefühl gehabt, daß er einen ganz bestimmten Grund hatte, unser Wiedersehen nicht zu wünschen." Und ich mußte ihr wohl glauben, daß sie solche Vorahnungen gehabt hatte.

Während Isoldes innere Unruhe noch in ihren Scherzreden über ihren zukünftigen Gatten spürbar blieb, zeigte sich Victoria von einer kühlen, reservierten Freundlichkeit, sobald die ersten Tage gemeinschaftlichen Lebens mit Anton Mühsal vergangen waren. Und zwar kam ihr dabei der Verzicht, den sie während der vergangenen Jahre hatte leisten müssen, zugute. Es war nicht so, daß ihre Liebe nachgelassen hatte. Aber die Gewohnheit, sie unerfüllt zu sehen, gab ihr eine scheinbare Souveränität zurück. Sie fürchtete sich jetzt, von neuem ihrem so aussichtslosen Gefühl nachzugeben, und sie verbarg es mit immer größerem Geschick. Und die freundliche Gleichgültigkeit Anton Mühsal gegenüber, die sie erst geheuchelt hatte, schien sich bald in eine echte zu verwandeln.

Wie ein Kind, dem man ein Spiel verboten hat, das Freude machte, aus Trotz beschließt, alle anderen Spiele nun zurückzuweisen, hatte Victoria, als sich zum ersten Male ihre Liebe als aussichtslos erwies, beschlossen, um wenigstens in Zukunft geschützt zu sein, sich des Liebens überhaupt zu entwöhnen. Nun war sie zwar außerstande, auf die Liebe zu Anton Mühsal Verzicht zu leisten, wohl aber auf die Liebe zur Welt. Sie zog sich zurück, weniger weil sie menschenfeindlich geworden wäre, als vielmehr aus der Furcht, wieder mit ihrem Liebesgeschenk zurückgewiesen zu werden. Dazu kam, daß einer ihrer wenigen Freunde, Andreas Kindsberg, sie verlassen hatte, dessen eigentümliches Verhältnis zu Isolde ihr überdies nicht unbekannt geblieben war. Ohne Andreas Kindsberg je geliebt zu haben, spürte sie doch beim Gedanken an dieses Verhältnis ein Unbehagen, das, bei Lichte besehen, der Eifersucht ähnlich war. Das alles hatte es ihr klug erscheinen lassen, das Lieben, das Freundschaften-Unterhalten, alle diese gefühlvollen Beziehungen, die eine Frau zur Welt haben kann, aufzugeben. Es gelang ihr nicht von einem Male zum andern. Aber sie zwang sich immer öfter, auf die Freuden intimerer Geselligkeit zu verzichten, bis sie endlich daran gewöhnt war, einsam zu leben, und schließlich auch daran gewöhnt, nicht mehr allzusehr unter ihrer Einsamkeit zu leiden.

Allein Dr. Apfel, ihren Arzt, nahm sie aus. Er mußte – da man ja völlig doch nicht auf die Beziehungen zur Welt verzichten kann – diese für sie stellvertreten. Nur befand er sich jetzt auf einer Reise. Dieser Umstand war Victoria nicht unangenehm, denn da mit Anton Mühsal ein Einbruch des früheren, heftigeren Lebens in die ein wenig abgetötete Gegenwart geschehen war, hätte sie der Zeuge ihrer exklusiven Einsamkeit jetzt, da sie Gefahren für sie sah, wohl beschämt. Daß der Besuch Anton Mühsals das Ergebnis jahrelanger Bemühungen Dr. Apfels war, konnte sie ja nicht gut wissen, und ebensowenig, daß die Abwesenheit des Arztes in diesem Moment – in

Wahrheit war er gar nicht verreist – nur ein anderer Teil dieses „Heil-Versuchs“ war.

Übrigens hörte ich einige Jahre später von diesem Arzt, daß er damals nicht so sehr den Kuppler zwischen Victoria und Herrn Mühsal machen wollte, als vielmehr den zwischen Victoria und dem Leben überhaupt. Denn ihre Liebe war von jener Ausschließlichkeit gewesen, in der das geliebte Wesen die ganze Welt vertritt, nicht nur redensartlich, sondern wirklich, was sich freilich erst im negativen Fall erweist. Nämlich, wenn das geliebte Wesen den Liebenden verstößt, ist es ihm, als hätte die Welt ihn verstoßen, und er kommt sich vor, als sei sein Anspruch zu leben für immer verwirkt.

Nun war Herr Mühsal seiner Natur nach wenig geeignet, Victoria zu „heilen“. Denn von allen Empfindungen, die er für Victoria aufzubringen versuchte, war nur eine wirklich stark in ihm: das Mitleid. Gegen nichts sind die aussichtslos Liebenden aber empfindlicher als gegen das Mitleid. Denn nichts beweist ihnen so wie dieses Gefühl, daß sie außerstande sind, das einzig ersehnte hervorzurufen: das der Liebe.

So steigerte sich Victoria nur immer weiter in eine künstliche Kälte hinein. Ihre Furcht, aufdringlich zu scheinen, machte sie überempfindsam. Sie wagte kaum noch, mit Herrn Mühsal eine Minute allein zu sein, weil sie sich einredete, ihre Gegenwart müsse ihm unerträglich sein. Er seinerseits übertrieb seine Freundlichkeiten für sie in der Furcht, seine Sache schlecht zu machen und dem Plan Dr. Apfels – den er vor seiner Reise nach Wolkin kennengelernt hatte – schlecht zu dienen. Die übertriebenen Aufmerksamkeiten ihres so vergeblich Geliebten erschienen Victoria nur als der Ausdruck eines grenzenlosen Mitleids, das sie ihm einflößte. Und wirklich – wenn er sich nicht gerade um mich oder Isolde, die er charmant fand, kümmerte – verwechselte Herr Mühsal sein so heikles Amt ein bißchen mit dem eines Krankenpflegers oder eines einem nervösen Schüler gut zuredenden Lehrers.

Es mochte auch nicht sehr geschickt sein, daß er anfing, von seinem Abschied zu sprechen. Die Kühle, die Victoria ihm gegenüber an den Tag legte, hatte angefangen, ihn zu verwirren. Er war mit der Vorstellung gekommen, nur ein paar Tage zu bleiben. Ohne sie wäre er wahrscheinlich gar nicht gekommen. Zwar hatte er, da er nun einmal hier war, Geschmack gefunden an dem merkwürdigen Leben in Wolkin mit seiner so beschränkten und zugleich unausweichlichen Geselligkeit, wie sie sonst nur die Deportierten auf kleinen, grausamen Inseln kennen. Die Möglichkeit aber, jeden Tag abreisen zu können und dieses Cayenne zu verlassen, machte Herrn Mühsal das Wolkiner Leben über das bloß Erträgliche hinaus reizvoll. Und so wandte er sich mit einer mehr rhetorischen Frage – die ihm aber doch seine Freiheit zu gehen beweisen sollte – an Victoria:

„Was würden Sie dazu sagen, Victoria, wenn ich noch morgen hierbleibe? Oder bestehen Sie, wie ursprünglich festgesetzt, auf meiner Abreise morgen früh? Ach, das wäre schrecklich! Ich bin ziemlich glücklich bei Ihnen, müssen Sie wissen. Und dann –", mit einem Lächeln zu Isolde, „– würde es mich doch sehr reizen, Fräulein Perboms Hochzeit beiwohnen zu dürfen."

Außer Robert, der laut herauslachte, bewahrte die übrige Gesellschaft Schweigen.

Victoria faßte sich. Sie senkte die Augenlider (etwas dicke, überpuderte Augenlider) und murmelte: „Wie es Ihnen beliebt."

„Also darf ich noch bleiben?"

„Da Fräulein Perboms Hochzeit Sie doch – wie sagten Sie? – reizt, gewiß."

Alle vorgenommene Kälte, alle Bemühungen, sich zu entwöhnen, konnten Victoria nicht hindern, plötzlich brennende Eifersucht auf Isolde zu fühlen, um derentwillen Herr Mühsal den Wunsch geäußert hatte, bleiben zu dürfen.

Herr Mühsal lächelte. Spontan – er saß neben ihr – legte er seine Hand auf die ihre. „Aber ich bleibe, solange Sie wollen", sagte er und lächelte. Nichts war ungeschickter und zugleich rührender. Man sah ihm wahrhaft sein Bestreben an, seine kleine Taktlosigkeit wieder gutzumachen, und sei es durch die größten Opfer. Ja, im Augenblick war ihm die Versicherung, so lange zu bleiben, wie Victoria es wünschte, vollkommener Ernst.

Diese spontane Herzlichkeit, die nichts Routiniertes hatte, war es, die Victoria einst so entzückt hatte und die sie mit einer virtuosen mondänen Geschicklichkeit verwechselt hatte – während er doch beinahe ungeschickt war. Victoria hatte überhaupt keine genaue Vorstellung davon, wie Anton Mühsal war. Ihre Vorstellungen von ihm waren mythologisch. Ihre Liebe machte sie – selbst jetzt, da sie anfing in die Kälte spät anerzogener Gleichgültigkeit überzugehen – unfähig, ihn objektiv zu sehen.

So hielt sie ihn für einen großen Dichter, obwohl er doch nur ein sehr reizvolles Talent hatte, das halb lyrisch, halb aphoristisch war. Ebenso glaubte sie, des eleganten Lebens wegen, das er führte, er sei sehr reich. Aber er war es keineswegs, er lebte vom Zufall, den zu korrigieren er einige Begabung hatte, und er wendete tatsächlich die Energien, die er seiner Arbeit nicht zuführte, auf die Beschaffung kleiner Geldsummen von Fall zu Fall. Als man ihr einmal – es war Sir Hubert, den sie vor einiger Zeit in Berlin getroffen hatte – sagte, Herr Mühsal sei arm und müsse zum Beispiel Cannes vermeiden, weil er dort Schulden habe, hatte sie sich nachher beklagt, was für schlechte Freunde Anton Mühsal doch habe, die aus reinem Neid (worauf, sagte sie nicht) ihn sogar verleumdeten, seine Hotelrechnungen nicht zu bezahlen.

So hatte sie auch gar keinen Blick – im eigenen Unglück wie in einem dunklen Gefängnis hausend – für die Tragik dessen, den sie so liebte oder geliebt hatte. Sie wußte nichts von den Qualen dieses eigentlich ehrgeizigen Mannes, dessen Begabung so viel origineller und stärker war als die anderer, die dennoch sehr viel „arrivierter" waren.

Sein Ruhm war der der kleinen internationalen Zirkel, in denen man über die geschäftigen Vielschreiber spottete. Nun aber war Herr Mühsal von Natur nicht hochmütig, und er hätte – wenn man seinen melancholischen Betrachtungen glauben durfte – eine auf eine ansehnliche Auflagenziffer fundierte bourgeoise Popularität diesem so viel schwerer zu erringenden Ruhm vorgezogen.

Victoria verzieh ihm also seine Neugier auf Isoldes Hochzeit, und er blieb. Allerdings sah ihn Victoria von nun an keine Minute mehr allein. Sie war entschlossener denn je, nach diesem Rückfall „sich zu entwöhnen", und wenn sie nun mit ihm sprach, zwang sie sich sichtlich zu dieser harmlosen Freundlichkeit, wie wir sie für gleichgültige Leute haben, zu denen unfreundlich zu sein wir keinen Anlaß finden.

III.

Während mich Robert in seinem Automobil nach Wolkin gebracht hatte, brachte mich nach Ablauf der acht Tage nach Stolpin der junge Mann zurück, der uns empfangen hatte, als wir angekommen waren. Und zwar benutzten wir den alten, mir vertrauten Wagen, in dem ich das erste Mal nach Wolkin gekommen war.

Der junge Mann hieß Fritz und war ein Enkel des alten Berthold. Er setzte seinen Ehrgeiz darein, es an Schnelligkeit mit Roberts Auto aufzunehmen, und so hatten wir eine mehr aufregende als angenehme Fahrt. In Stolpin angekommen, war er mit einem Satz vom Bock, öffnete mir den Schlag und blickte mich ganz erhitzt und freudestrahlend an: „Habe ich Sie gut gefahren?"

„Viel zu gut", sagte ich und mußte lachen. Auch Fritz lachte. Dann entschuldigte er sich plötzlich. Er war dem merkwürdigsten Rausch erlegen, den es gibt: dem Rausch der Schnelligkeit. Und wie er jetzt im Hof umherstelzte, etwas schaukelnd, hätte man ihn für betrunken halten können, und doch war er bei der Abfahrt ganz „nüchtern" gewesen.

Dann kam Kathinka und führte mich ins Haus. Robert würde von einer Inspektionsfahrt in einer Viertelstunde zurück sein.

Vom Fenster des Zimmers, in dem man gewöhnlich aß, konnte ich über den terrassenförmigen Garten des Hauses bis zu den Rasenflächen am Havelufer sehen, konnte die Havel, die sich hier zu einem See verbreiterte, und am Horizont Wälder sehen. Ein Geruch von Blumen und reifem Obst drang durch das offene Fenster, und ich dachte, wie schön es sein müßte, hier immer zu wohnen.

Einen Abend – drei Abende vor der festgesetzten Hochzeit – aß Isolde bei uns. Es war ein heiteres Diner. Kathinka, die die Küche besorgte, zeigte ihre Künste aufs köstlichste; es gab einen freundlichen Wein, und Isolde hatte ihren liebenswürdigsten, sanftesten Tag.

Es wunderte mich immer von neuem, wie verschieden Isolde sich zeigte. Heute spielte sie ganz Braut und künftige Gattin. Sie tat es mit einer leichten Selbstironie, die wie eine verschleierte Wärme wirkte, wie scherzhaft verhüllte Verliebtheit.

„An Ihnen ist eine Schauspielerin verlorengegangen", sagte ich ihr.

„Weil ich heute so vergnügt bin? Das glauben Sie mir also nicht. Aber wenn ich böse bin oder traurig, halten Sie mich nicht für eine Schauspielerin."

Robert war während dieses Gesprächs nicht im Zimmer. Er war selbst in den Keller gegangen, um nach einem alten Mosel zu suchen.

„Übrigens, verehrter Freund, Sie haben doch Robert nichts davon erzählt, daß ich eigentlich flüchten wollte – nach Paris?"

„Kein Wort davon, wie Sie es gewünscht haben."

„Das ist gut. Denn wie Sie sehen, ich bleibe hier."

„Ich bin wirklich sehr froh darüber."

„Sie? Das geht Sie aber doch gar nichts an. Oder finden Sie, es wäre zu scheußlich von mir gewesen? Ich will Ihnen sagen, warum ich hierbleibe: ich habe Angst. Vor dem, was mich in Paris erwartet."

Ich mußte an die gleiche Angst denken, die vor langer Zeit Robert gehabt hatte und die ihn gehindert hatte, Isolde in Sèvres oder Paris aufzusuchen. Sie waren beide Menschen, die den dramatischen Punkten ihres Lebens auszuweichen suchten.

„Kommen Sie! Robert – wo bleibt er bloß! – hat hier einen schönen Kognak. Trinken Sie doch! Wenn man nicht trinkt, wird man traurig."

„Wenn man trinkt, auch."

Sie lachte.

„Und", fragte ich, nachdem ich meinen Kognak getrunken hatte, „was würde Sie in Paris wohl erwarten?"

„Ich weiß nicht. Ich weiß nicht, was – aber etwas Schreckliches. Irgend etwas Lächerliches und Schreckliches. Vielleicht nur, daß – mein – daß Onkel Andreas ganz plötzlich alt geworden ist. Wissen Sie, er war ja schon damals für ein Kind, wie ich es doch war, alt. Aber es gibt bei Männern ein Altsein, das –", sie suchte lange nach Worten, dann: „– das sehr herrlich und sehr männlich ist, das Noch-nicht-ganz-alt-Sein. Das haben nur sehr wenige Männer. Mein Vater zum Beispiel wird es nie haben. Ich weiß nicht einmal, warum. Aber dann kommt ein Alter, wo man nicht mehr lieben kann, weil es zu lächerlich ist. Und vielleicht ist das mit Andreas Kindsberg jetzt so. Denn, sehen Sie, warum will er sonst nicht, daß ich komme? Sie müssen mich richtig verstehen, und ich fürchte, Sie verstehen mich nicht. Ich meine nicht das." Was sie meinte, war mir klar: sie wollte mir versichern, daß sie nicht körperliche Liebe meine. „Ich meine ein Fluidum, einen Zauber, der vielleicht nicht mehr da ist – jetzt. Und – ich kenne ihn so gut – nun wird er fürchten, daß ich mich plötzlich nur noch mit Ekel an meine Reise mit ihm erinnern könnte, wenn ich ihn jetzt so verändert wiedersähe. Und das würde ihn sehr schmerzen. Glauben Sie nicht, daß er sehr zartfühlend in diesen Dingen ist?"

Was mich überraschte, war vielmehr Isoldes „Zartgefühl", mit dem sie ihrem Onkel eine sublime Rücksichtnahme auf sich unterstellte, nur weil sie sich wünschte, daß er sie für sie hätte. Wieviel Eitelkeit sprach aus ihren Worten! In Wahrheit hatte Andreas Kindsberg aus ganz anderen Gründen, wie wir noch sehen werden, diese Wiederbegegnung vermeiden wollen.

Indessen kam Robert zurück, im Arm zwei Flaschen. Er ging mit den etwas steifen Schritten, die Betrunkene anfangs haben, wenn sie verstärkt auf ihre Haltung achten. Isolde wurde plötzlich sehr still. Ich legte eine Platte auf das Grammophon und tanzte mit Isolde. Dann wollte Robert mit ihr tanzen, aber sie fand mit einem Mal, daß es schon sehr spät sei und sie nach Hause müsse. Robert wollte, daß sie hier schliefe. Und da Isolde sah, daß es nicht ungefährlich sein würde, sich seiner Führung anzuvertrauen – sie selbst konnte nicht steuern –, mußte sie damit einverstanden sein, in Stolpin zu nächtigen. Übrigens waren ihre Zimmer schon seit langem eingerichtet, und sie brauchte nur Kathinka zu bitten, ihr die Couch zur Nacht herzurichten. Dann ging sie auf ihr Zimmer, mir gab sie die Hand und Robert einen flüchtigen Kuß auf die Stirn. Als sie hinausgegangen war, war Robert auf einmal nicht mehr betrunken.

Wir tranken Kognak. „Wissen möchte ich nur, ob sie mich noch immer liebt", fragte Robert. Aber er sah mich nicht an dabei.

Ich hätte, bei vollkommenster Aufrichtigkeit, ihm diese Frage nicht beantworten können. Die Bindung Isoldes an ihren Onkel, so deutlich sie mir war, war doch so verschiedener Natur von der zu Robert, daß sie sie jedenfalls nicht ausschloß – nicht ausschloß von ihrer Seite. Anders stünde es um Robert, der, wenn er von Isoldes Liebe zu ihrem Onkel gewußt hätte, an ihrer Liebe zu ihm gezweifelt hätte. Aber es war deutlich, daß er diese Beziehung vergessen hatte. Oder warum erwähnte er sie nicht?

Er erwähnte sie, wie ich später sah, einfach deshalb nicht, weil er sie sich nicht vorstellen konnte. Es gibt für jeden Menschen einen Punkt, wo seine Phantasie aussetzt, und es geschieht uns immer wieder, daß wir Dinge praktisch nicht glauben – so glaubwürdig theoretisch man sie uns auch gemacht hat –, nur weil unsere Phantasie sich weigert, sie Bild werden zu lassen. So ging es Robert mit der Vorstellung, Isolde könne noch immer sehr an ihrem alten Onkel hängen, diesem strengen, anspruchsvollen, geistigen Mann, der für ihn zu sehr Respektsperson war, als daß er erotische Vorstellungen an ihn zu knüpfen vermochte. Und hätte man ihm erzählt, daß seine Frau eine fast inzestuöse Inbrunst für diesen protestantischen Geistlichen empfunden hätte, so würde er das für die böswillig-obszöne Ausdeutung eines einfachen verwandtschaftlichen Gefühls halten, das für ihn seinerzeit noch durch die Hilfeleistung Onkel Andreas' für seine Nichte legitimiert wurde.

„Es ist schrecklich", sagte er jetzt, „jemanden zu lieben, von dem man nicht mehr weiß, ob er einen wiederliebt. Früher habe ich es gewußt. Aber wahrscheinlich bin ich selbst schuld daran. Isolde liebte in mir einen Künstler, einen jungen Mann von Zukunft, einen Menschen, der ihren geistigen Ansprüchen – aber sie hatte nicht große, im Grunde – genügen würde. Nicht einen einfachen Gärtner. Was sage ich? – einen Bauern. Einen Blödian. Ein Wunder ist es überhaupt, daß ihr Vater die Hochzeit gestattet hat. Ich begreife es kaum. Würdest du eine Tochter an jemand so Idiotischen wie mich verheiraten?" Ich lachte. „Lach mich nicht aus! Das verdiene ich nicht, daß man noch über mich lacht! – Bitte, sei jetzt nicht traurig, Peter. Entschuldige, daß ich so grob war. Aber ich bin besoffen. Nein, nur traurig."

„Ich würde meine Tochter glatt an dich verheiraten."

Er lachte. „Also soll ich so lange noch warten?"

„Um Gottes willen!"

„Wie findest du eigentlich Kathinka?"

„Reizend."

„Ich auch." Er lächelte.

„Was bedeutet das?"

Er schwieg. Ich legte eine neue Platte auf. Robert entkorkte mit Mühe den Mosel. Aber ich mochte ihn nicht, und er fand mit einem Mal, er habe nun genug getrunken. Wir waren beide „blau". Ich sagte ihm das, weil ich die Farbbezeichnung „blau" so wundervoll für unseren Zustand fand, und weil „blue" bei den Amerikanern auch „traurig" bedeutet. Plötzlich wurden wir wieder ernst. – Der alkoholische Rausch scheint gelegentlich einen intermittierenden Charakter zu haben, so daß man aus einer „blauen" Höhe jäh in den schrecklichen Ernst der Realität stürzt, um sich nun wieder – eine Wolke um die andere mühelos ersteigend – ins „Blaue" zu begeben.

„Warum", fragte ich Robert, „heiratest du nicht Kathinka?"

„Warum? Ich liebe sie doch nicht. Aber bei Isolde habe ich noch immer die Hoffnung, daß sie mich einmal wiederlieben wird."

„Fürchtest du nicht, daß Isolde dein Geheimnis entdeckt?"

„Sie weiß es doch. Nur ist sie so stolz, daß sie nicht einmal eifersüchtig ist auf jemanden wie Kathinka. Im Grunde ist sie viel hochmütiger als ihr Vater, der doch den Ruf dafür hat, während sie neuerdings als die ‚Liebenswürdige' gilt. Sie hat in Berlin große Erfolge gehabt. Sie hätte reichere Leute als mich heiraten können. Aber sie ist nicht auf Reichtum aus. Sie hätte vor allem mächtigere Männer heiraten können. Aber sie wollte mich. Und darum glaube ich, daß sie mich insgeheim doch liebt. Was hältst du davon?"

„Ganz klar, daß sie dich liebt."

„Wirklich? Das macht mich glücklich, daß du mir das bestätigst, Peter."

Was mir Robert sagte, verwunderte mich zunächst sehr. „Warum", fragte ich mich, „heiratet Isolde dann wirklich Robert?" Später verstand ich sie sehr gut. Wenn sie auch für Robert nicht eigentlich „Liebe" empfand, so doch etwas der Liebe Verwandtes, eine fast geschwisterliche Zugetanheit. Hinzu kam die Vorstellung, ihm – weil sie, als ein halbes Kind noch, ihn einmal leidenschaftlich geliebt hatte – die Ehe schuldig zu sein. Sie fühlte sich gerade aus ihrem Stolz, der es ihr verbot, eine alte Verpflichtung zu vergessen, Robert gegenüber gebunden. Sie hatte ihn ganz einfach gern. Nur war ihr Gefühl für ihn dem, das er für sie hatte – und das sich im Vergleich zu damals nur gesteigert hatte, während es anfänglich nicht so stark wie das ihre gewesen war, und er sich nur so wie sie jetzt „verpflichtet" geglaubt hatte –, keineswegs auch nur annähernd gleich. Das bereitete ihr ein Unbehagen, das an ein schlechtes Gewissen grenzte.

Was nun Kathinka betraf, so fand sie, daß eine Angestellte ihres Hauses, sei sie auch aus russischer Adelsfamilie, nicht gut eine Rivalin für sie sein könne, und daß andererseits dieses Mädchen reizend sei und zum Beispiel viel angenehmer als Frauen der Berliner Gesellschaft, die zu Robert sehr entgegenkommend gewesen waren. Eine dieser Frauen – Frauen aus ihrer Klasse – hätte sie eifersüchtig machen können, weil sie ihren Stolz verletzt hätte, der vielleicht alles in allem ein Besitzerstolz war. Kathinka aber nahm sie wie eine Stellvertreterin ihrer selbst, über die man verfügen durfte. Übrigens hatte sie an demselben Tage noch, an dem Robert, um sie eifersüchtig zu machen, ihr seine Beziehung zu dem Mädchen gestanden hatte, dafür gesorgt, daß sie von jetzt an doppeltes Gehalt bezöge. Robert war beschämt darauf eingegangen, Kathinka aber glaubte an die Güte Roberts.

Wenn nun Isolde für Robert zwar nicht Liebe, aber etwas der Liebe Ähnliches empfand, so flößten ihr die Männer, auf die Robert mir gegenüber anspielte, gar keine Empfindungen ein, aus dem einfachen Grunde, weil ihre Gefühle, wenn auch geteilt, schon fixiert waren.

Eine andere Wahl als die zwischen Andreas und Robert gab es nicht für sie. Und selbst diese Wahl suchte sie zu verzögern, suchte ihr aus dem Wege zu gehen. Der Verdacht, daß Andreas sich zu gealtert fände, um noch ein Wiedersehen mit ihr wünschenswert zu finden, war insgeheim auch die Hoffnung, daß es so sei und ihr damit die Mühe der Wahl erspart bliebe. Denn lieber wollte sie selbst weniger glücklich sein, als jemanden um ihretwillen unglücklich sehen zu müssen.

„Berthold ist böse, wenn ich morgen zu lange schlafe", sagte Robert. „Du siehst, ich lasse mich von ihm tyrannisieren. Aber wirklich, ich verdanke ihm sehr viel. Hätte ich ihn nicht, hätte ich jetzt nicht den Ersten Preis des Reichsverbandes bekommen. Im nächsten Jahr soll ich als einer von vier deutschen Delegierten nach Amerika gehen. Wir werden da neue Blumen, eine neue Obstsorte und Gartenarchitektur sehen. Ich freue mich darauf. Es ist doch kein ganz so uninteressanter Beruf, wie du vielleicht glaubst."

Ich hätte das keineswegs geglaubt, versicherte ich ihm. Wir tranken den Rest des Kognaks. Dann brachte ich Robert in sein Zimmer. Er war ganz betrunken, aber glücklich. Ich half ihm beim Ausziehen. Dann, als er gleich einschlief, rauchte ich bei ihm noch eine Zigarette. Schließlich mußte ich doch in mein Zimmer gehen. Ich fürchtete mich sehr davor, jetzt allein zu sein und die Augen zu schließen. Als ich es versuchte, tanzte ein entfesselter Kosmos um mich. Ich fühlte mich elend, dann schlief ich ein.

IV.

Nach der Trauungszeremonie, die in der Potsdamer Garnisonkirche stattfand – dort, wo Andreas Kindsberg einst amtiert hatte –, versammelte man sich, eine kleine Gesellschaft, in Stolpin. Es waren Victoria, Herr Mühsal, Herr Perbom, Roberts Berliner Onkel und eine alte Cousine Herrn Perboms, die er mitgebracht hatte und die ich ebenso wie den Onkel Roberts vordem noch nicht gesehen hatte.

„Ich hatte die ganze Zeit über in der Kirche an meinen Onkel denken müssen", sagte mir Isolde, die mich in ein abgelegenes Zimmer geführt hatte. „Können Sie sich denken, daß ich ihn nie, als er noch in der Garnisonkirche sonntags predigte, dort gehört habe? Ich kenne ihn ja nicht von dieser Seite. Und wissen Sie, was er mir in Paris einmal gesagt hat? Daß er sehr unglücklich gewesen wäre, mich dort einmal sehen zu müssen. Er entschuldigte das damit, daß er ein schlechter Prediger sei. Ich denke mir, es fehlte ihm einfach die richtige Überzeugung. Ich meine, er war nicht naiv genug, auch nicht naiv genug, um ein Komödiant zu sein."

Ich sah Robert in der halboffenen Tür. Als er uns zusammen sah, lächelte er und ging wieder fort, indem er sich die Stirn berührte, wie jemand, der gewahr wird, etwas Wichtiges vergessen zu haben.

„Soll ich ihn holen?" fragte ich Isolde.

„Nein, nein, lassen Sie ihn doch. – Sieht er nicht eigentlich in seinem Cut reizend aus? Was ich Ihnen sagen wollte: Papa war sehr böse, daß mein Onkel nicht zur Hochzeit gekommen ist. Er hatte ihn so dringend eingeladen. Gerade, sagte er mir, weil ich damals mit ihm zusammen in Paris war, müßte er jetzt kommen, damit jeder den rein freundschaftlichen und verwandtschaftlichen Charakter unserer Beziehung recht deutlich bemerkte. Tante Mathilde zum Beispiel – das ist die alte Dame in Schwarz, die

Sie noch nicht kannten – war ebenfalls erstaunt, ihren Cousin Kindsberg nicht hier zu treffen. Sie interviewt Papa schon die ganze Zeit über, warum er eigentlich in Paris lebe und warum er seine Ämter hier niedergelegt habe. Es ist nur ein Glück, daß wir auf die große Abendfeier verzichtet haben, die uns Papa so schrecklich gern veranstaltet hätte."

Robert kam herein. „Iso, wo steckst du? Deine Gäste wollen etwas essen."

Wir gingen. Ein junger Diener in Livree kam uns entgegen. Er trug Gläser mit Portwein auf einem Tablett. Es war Fritz. Als ich ihn wiedererkannte, machte ich ihm ein Kompliment über seine Verwandlungskünste. Robert lachte. „Kathinka hat ihm schon Anträge gemacht", versicherte er uns.

Isolde lächelte. „Kathinka? Ach, ja, die – o, sie ist reizend." Und zu mir: „Haben Sie sie schon bemerkt?"

So spielte sie, mehr aus Lust am Spiel als aus einer Notwendigkeit, diese Komödie vor mir, als kenne sie ihre „Stellvertreterin" nicht.

Wenn Isolde sich so lange gewünscht hatte, ihren Onkel wiederzusehen und seine Weigerung ihr dann Furcht gemacht hatte, bis diese sogar ihren Wunsch, ihn wiederzusehen, zeitweise überwand, so sollten sich jetzt die Ereignisse so arrangieren, daß sie ihn wiedersehen mußte, selbst wenn sie es nie gewollt hätte.

Nach dem Essen und nachdem die Gäste sich verabschiedet hatten – nur Herr Perbom war geblieben, hatte sich aber zurückgezogen – ging Robert mit mir in den Garten. „Was sagst du zu meinem Schwiegervater?" begann er. „Weißt du, was er von uns verlangt? Eine Hochzeitsreise. Nein, wirklich. Er wurde ganz böse, als Iso ihm erklärte, sie wolle nicht jetzt, aber gern in zwei, drei Monaten reisen. Dann etwa in die Schweiz zum Wintersport. Nein, er bestand darauf, daß wir jetzt reisen. Er gab uns einen Scheck, der, wie ich zugebe, uns beiden eine große Freude war. Ich hätte ihn nicht für so großzügig gehalten."

„Und wann geht's nun los?"

„Wenn es nach meinem Schwiegervater ginge – er besteht darauf, daß ich ihn jetzt ‚Papa' anrede – noch heute abend. Isolde konnte mit Mühe morgen Mittag festsetzen. Der Alte glaubt noch an einen ‚Honigmond.'"

Ich war etwas traurig über diese Abreise, ich sagte ihm das und auch, daß ich wenig Lust hätte, jetzt nach Berlin zurückzugehen.

Er bot mir sein Haus für unbegrenzte Zeit an. Ich lehnte ab.

Dann wollte er mich überreden, doch zu Victoria zu gehen und auf sie „aufzupassen".

„Gerade die erste Zeit nach der Abreise Herrn Mühsals – denn ich glaube kaum, daß er noch lange bleibt – wäre es so gut für sie, jemanden wie dich da zu haben."

„Aber das würde vielleicht eher ein Krankenpflegerkursus als ein Vergnügen sein."

Er lachte. „Immerhin stünde das einem künftigen Mediziner nicht schlecht an."

„Und wohin werdet ihr gehen?"

„Mein Schwiegervater hat uns ins Ausland befohlen. Und wohin sollte man in Deutschland jetzt auch gehen, wo es schöner wäre als hier?"

„Also Côte d'Azur?"

„Richtig. Wir wollen über Paris in die Gegend zwischen Marseille und Nizza und vielleicht von da nach Italien. Viel länger als sechs Wochen halte ich das aber nicht aus. Ich habe es Iso schon gesagt. Ich habe mich so auf unseren Haushalt gefreut. Ist das sehr bürgerlich eigentlich?"

„Ziemlich."

Er lachte etwas verlegen. „Weißt du, wie wär's, wenn du einfach mitkämst?"

Jetzt lachte ich. „Sähe das nicht etwas idiotisch aus?"

„Vielleicht. Zu blöde. Es wär so hübsch. Ich fände es so schön. Aber du hast recht, es sähe komisch aus."

Das Bedauern Roberts, mich nicht auffordern zu können, sie zu begleiten, schien mir damals übertrieben. Und doch war es ganz echt. Es lag durchaus in seinem Stil.

Robert war vielleicht überhaupt mehr für die Freundschaft als für die Liebe begabt. Er liebte zwar sehr die Frauen, aber die Art, in der er sie liebte, und selbst, in der er sie begehrte, enthielt alle Elemente der Freundschaft. Darum war er, so sehr er auch der Typ der Frauen war, das Gegenteil eines Don Juan. Es gab Frauen – später –, die ihn, nachdem sie ihn kennengelernt hatten, zu wenig interessant fanden. Er konnte es auch nicht sein. Freunde finden wir – genaugenommen – nie interessant, weil wir sie zu gut zu kennen glauben, weil wir sie uns zu sehr gleichsetzen.

Und wenn Frauen ihn liebten, liebten sie vor allem seine männliche Vitalität und Grazie. Was ihm fehlte, war das, was mit „Geheimnis" nur umschrieben ist, das, was Andreas Kindsberg in so außerordentlichem Maße besaß.

Robert versicherte mir, er bliebe keinesfalls länger als sechs Wochen. „Dann werden wir uns wiedersehen. – Du wirst doch oft bei uns wohnen, nicht wahr?"

„Übrigens", fuhr er fort, „hat diese Reise das Gute, daß ich Dr. Kindsberg wiedersehe. Erinnerst du dich noch an ihn? Den Onkel von Isolde? Papa trug es uns geradezu auf, nach ihm zu sehen. Iso – sie ist oft so komisch – wollte erst nicht. Ich glaube, sie ist beleidigt, weil er nicht zu unserer Hochzeit gekommen ist. Aber gerade, daß er nicht gekommen ist, macht mich etwas neugierig, ihn wiederzusehen. Hoffentlich wird Isolde inzwischen noch vernünftig, denn ich ginge nicht gern allein zu ihm. Es wäre doch sehr unhöflich, wenn wir schon in Paris sind, ihn dann nicht zu besuchen. Findest du nicht?"

Den Abend verbrachten wir in Wolkin. Ich hatte meine Sachen wieder mitgenommen und kündete Victoria meinen Aufenthalt für ein paar Tage an.

Herr Mühsal schlug vor, man solle einen Pendelverkehr zwischen den beiden Gütern arrangieren, angesichts der gegenseitigen Besuche und meiner Umzüge.

„Sie werden also nach Paris fahren?" fragte ich Isolde. „Wenn sich Ihr Onkel noch an mich erinnern sollte, grüßen Sie ihn bitte von mir."

Sie dankte. „Sehen Sie", sagte sie, „jetzt bin ich ganz unschuldig an dieser Reise. Er wird mich nicht aufdringlich finden können. Und trotzdem muß ich Robert verhindern, an ihn zu telegrafieren. Er bekommt es fertig, uns dann nicht zu empfangen. Jetzt glaube ich, er ist einfach eifersüchtig. Und alle seine Bitten an mich, Robert zu heiraten, waren nur verzweifelte Versuche, mein Herz auf die Probe zu stellen."

Sie sprach in etwas pathetischem Ton. Sie bemerkte es selbst, lächelte und sagte: „Ich langweile Sie gewiß schrecklich mit diesen Geschichten."

Ich erklärte ihr, daß das Gegenteil der Fall sei.

„Also glauben Sie nicht auch", beharrte sie auf ihrer neuen Theorie, die ihr die Unsicherheit eingegeben hatte, „daß er nur sehen wollte, wie stark meine Beziehung zu ihm im Grunde sei? Und ich! Ich habe versagt! Ich bin ihm auf den Leim gegangen! Ach, wie abgefeimt er ist! Jetzt hat er mich überlistet. Jetzt wird er sagen – wenn ich ihn überhaupt zu sehen bekomme und er mich nicht abweisen läßt –: ‚Du hast also diesen netten Jungen mir vorgezogen, wie ich es vorausgesehen habe. Recht so. Jugend zur Jugend.' – Ach, was für ein Unsinn das ist! Wenn ich alt bin, werde ich mich in junge Männer verlieben – wieder verlieben", fügte sie hinzu.

Ich lächelte über diese nachträgliche Nuancierung ihres Ausrufs.

„Wissen Sie", und sie lächelte sehr süß, „eigentlich sollte eine Frau zwei Männer haben dürfen. Einen jungen und einen beinah alten."

„Und Sie glauben, das würde sich einer von diesen Männern gefallen lassen?"

„Das ist es ja", behauptete sie rechthaberisch, „daran scheitert alles: an eurer ewigen Eifersucht."

Wir lachten beide, ich vergnügt und sie etwas zögernd, in der Furcht, ich könnte mich über sie lustig machen.

„Da kommt man dann in solche Verwicklungen wie ich. Eure Schuld!"

Robert kam herzu. „Streitet ihr euch schon wieder?" fragte er lustig.

„Ja, über dich", sagte Isolde.

„Über mich?"

„Ob du eifersüchtig sein würdest, wenn ich noch einen Mann hätte."

„Noch einen Mann? Einen Mann außer mir? – Aber das ist doch unmöglich, Kind!"

Isolde wandte sich strahlend an mich. „Habe ich recht gehabt?"

„Ja", sagte ich. Wir lachten alle drei.

Herr Perbom schenkte uns ein. „Sie sind um eine Hochzeitsfeier gekommen", sagte er leutselig zu mir. „Aber einen besseren Kognak hätte ich Ihnen nicht anbieten können."

„Ihr seid alle Säufer", sagte Isolde. „Ich werde abwechslungshalber Abstinenzlerin werden müssen."

„An welchen Mann sie nur gedacht hat?" fragte mich Robert in einem Moment, in dem wir allein waren. Ich zuckte die Achseln. „Ihre Gefahr", sagte Robert, „ist, daß sie zu theoretisch ist. Sie denkt sich da irgend etwas aus, daß man zwei Männer haben müßte – verstehst du, ohne jeden konkreten Anlaß –, und sagt dann so etwas. Nun, jetzt, da ich mit ihr verheiratet bin, werde ich auf ihre Reden mehr achtgeben müssen. Nicht, daß sie mich je betrügen würde. Das nicht. Selbst, wenn sie mich nicht liebte. Dann würde sie sich scheiden lassen. Aber damit rechnet sie gar nicht, daß sie je diesen Wunsch haben könnte. Sonst hätte sie mich nicht geheiratet. O, ich kenne sie. Sie ist einfach zu stolz, um sich in einen Mann zu verlieben. Du siehst, ich habe da seinerzeit Glück gehabt." Er war schon ein bißchen betrunken und begann zu prahlen. „Nein, da bin ich ganz sicher. Nur, auf das, was sie sagt, muß ich etwas aufpassen. Sie kann mich mit solchen Reden wie vorhin nur kompromittieren. Unter uns, mein Lieber: derlei wäre sogar gefährlicher, als wenn sie mich zum Beispiel betrügen würde. Obwohl ich persönlich von der Harmlosigkeit ihrer Aussprüche überzeugt bin und mich andererseits von ihr nicht betrügen ließe. Ich glaube, ich würde den Mann, mit dem sie mich betrügen würde, erschießen können."

„Das könntest du nicht."

„So? Warum nicht?"

„Ich kann's dir nicht erklären. Aber du tust das nicht. Das ist nicht dein Stil. Du bist nicht der Typ, der auf einen anderen Menschen schießt. – Ich glaube, du bist einfach zu gut dazu."

„Gut nennst du das? Ich will dir etwas sagen, Peter. Wenn das, was du da eben behauptest, stimmt, dann nenne ich das nicht Gutsein, sondern Schwäche. Vielleicht bin ich nämlich wirklich nur zu schwach."

„Du solltest aus deiner Tugend kein Laster machen. Aber wozu darüber reden? Da du ja nicht betrogen wirst und, wie ich sehe, auch gar keine Chance hast, je betrogen zu werden."

Er lachte glücklich. Er zog mich am Arm zu seiner Frau. „Isolde, ihr beide müßt jetzt Bruderschaft trinken. Es ist schrecklich, wenn ich hören muß, daß ihr euch Sie sagt."

Und nachdem wir die Gläser, die er uns einschenkte, getrunken hatten, zwang er uns, uns einen Kuß zu geben.

Es war ein harmloser Kuß, und gleich danach lachten wir uns an. Aber er hatte genügt, um eine Veränderung in meiner Einstellung zu Isolde zu bewirken. Ich hätte sie im Moment, da sie vor sich ging, nicht formulieren können. Aber ich fühlte, daß ich nun für immer ein Freund Isoldes sein würde. Und ich fühlte, daß sie mich brauchen würde. Dieser Kuß war für mich ein wunderbares Erlebnis, und als ich dann zum ersten Male – denn das Du der Kinderzeit zwischen uns zählte nicht – Du zu Isolde sagte, war es, als konzentriere sich im Klang dieser einen Silbe ein ganzer Strom von Zärtlichkeit, und fast beschämt sah ich ihr in die Augen, ob sie die plötzliche Intensität meines Gefühls nicht erschrecke. Aber sie lächelte nur – wie mir schien, etwas stiller als sonst.

V.

Nachdem Isolde und Robert abgereist waren, empfand ich in den ersten Tagen Sehnsucht nach ihnen, und zwar eine verschiedene nach Isolde und nach Robert. Das, was ich jetzt für Robert empfand, war nicht eigentlich Sehnsucht, es war die angenehme Gewißheit, in einiger Zeit einen guten Freund wiedersehen zu können, einen guten Freund überhaupt zu haben. Ganz anders ging es mir mit Iso – ich nannte Isolde jetzt in meinen Träumereien nur noch Iso, wie alle, die sie liebten, sie wie nach einer geheimen Verabredung nannten –, was mich seit jenem Kuß mit ihr verband, war etwas für mich völlig Neues. Ich war sehr begierig, es kennenzulernen, es erproben und auf seine Beständigkeit prüfen zu dürfen. Es war so völlig neu und verschieden von allem, was ich bisher gefühlt hatte, daß mir das Wort „Liebe" als ein viel zu allgemeiner und auf viel zu bekannte und gewöhnliche Zustände bezogener Ausdruck erschienen wäre. Es war, was mich ergriffen hatte, ein undefinierbares Fieber, die zehrende Sucht, an Isolde zu denken, mich an sie zu erinnern, ständig ihr Bild in meinem Gedächtnis bereit zu haben. Mit diesem Bilde aber wurde ich nicht fertig, denn ich wünschte es mir deutlich, konturiert und sozusagen für alle Situationen passend. Aber ich konnte mich genau nur an den Moment unseres Kusses erinnern, und diese Erinnerung war schon nicht eigentlich optisch. Nur ihr stilles, gleichsam tiefes Lächeln danach blieb mir sichtbar. Und dann waren da ein paar Worte, die sie gesagt hatte, rein akustische und unbegreifliche Erinnerungen, bei denen ich zum Beispiel darauf kam, daß die Vokale bei ihr einen tiefen und leuchtenden Klang hatten.

Die Vorstellung, die ich bisher von der Liebe gehabt hatte, war vor allem animalisch-wollüstig gewesen, sie war mir erschienen als eine „sinnliche" Trunkenheit, Trunkenheit des Körpers. Die Trunkenheit, die ich jetzt spürte, war aber vor allem zerebral. Sie war verbunden mit Überwachheit. Sie war auch nicht wollüstig. Es war ein leicht fiebriger Zustand, der mich zu kleinen nervösen Gelächtern führte, mich oft auf die Uhr sehen ließ, auf den Postboten warten machte, mich am Schlaf hinderte, mich reizte und mich in einem Schwebezustand von Verzweiflung und Überglück erhielt.

Ich war ganz sicher, daß ich diesen merkwürdigen Zustand nicht kennengelernt hätte, wenn Isolde jetzt hier gewesen wäre. Denn als ich sie ein halbes Jahr später wiedersah, verschwanden alle diese Symptome meiner Überreiztheit und die Freude, sie zu sehen, gab zwar meiner Verzweiflung, sie nicht sehen zu können, keine Nahrung mehr, beraubte mich aber auch des allzu großen Glücks, das ich im Gedanken an sie empfunden hatte. Und erst, als ich sie dann wieder nicht sah, stellte sich der Zustand, den ich jetzt in Wolkin zum ersten Male kennengelernt hatte, annähernd wieder her. Immer wieder hat in meinem Leben die Konfrontation mit der Wirklichkeit meine Empfindungen herabgemindert und sie den üblichen, bekannten angenähert. Allerdings wurde mir bald klar, daß auch die Übersteigerung meines Fühlens sich nur von der Wirklichkeit – nämlich der Erinnerung an sie – nährte, und ich wäre außerstande gewesen, für ein bloß phantasiertes Geschöpf irgend etwas zu fühlen.

Während ich nach der Abreise des jungen Paares Sehnsucht empfand – so Herr Mühsal Langeweile. Victoria, die, wenn er nicht dagewesen wäre, entweder an ihn gedacht hätte oder versucht hätte, den Gedanken an ihn zu vertreiben, benahm sich jetzt, in seiner Gegenwart, immer nonchalanter gegen ihn. Seine Gegenwart war für sie durchaus nicht heilsam. Denn sie wünschte nicht einfach, ihn in ihrem Hause zu sehen, sondern von ihm geliebt zu werden. So aber störte seine Gegenwart schlimmstenfalls sie nur, sich ihrer Liebe für ihn – die sie jetzt vor ihm verbarg – schrankenlos hinzugeben, oder, im besten Falle, hinderte seine Gegenwart sie, ihn zu vergessen. Wie man es also auch ansehen mochte, Victoria war mit Herrn Mühsals Gegenwart nur schlecht gedient.

Tatsächlich lebte Victoria, nachdem er wieder abgereist war, geradezu auf. Aber es schien mir eine ungesunde Art Leben zu sein, der auch bald eine Erschlaffung folgen sollte. Sie nahm mich mit und ging mit mir – weil sie es allein nie fertiggebracht hätte – in das Zimmer, das Herr Mühsal bewohnt, und das sie, solange er darin gewohnt hatte, nie betreten hatte. Ein Geruch von Kölnischem Wasser, Rasierpuder, englischer Seife und Virginia-Tabak war noch darin. Victoria roch ihn mit prüfender Neugier. Er mochte Erinnerungen in ihr wecken, denn sie ließ sich in einen Sessel fallen und bedeckte mit der Hand ihre

Augen. Auf dem Tisch lagen ein paar Bogen weißen Papiers. Als ich sie aufhob, fand ich unter ihnen eine alte Brieftasche, die etwas zerschlissen war. In einer plötzlichen Eingebung ließ ich sie in der Brusttasche meines Jacketts verschwinden.

In meinem Zimmer nachts öffnete ich sie. Sie enthielt: ein gebrauchtes Fahrscheinheft, mehrere ausländische Banknoten, zwei unbezahlte, verjährte Hotelrechnungen, auf deren Rücken sich das Manuskript eines Gedichts befand, das inzwischen in einer literarischen Revue vor Jahren erschienen war, und einen Brief, der von Victoria stammte – ich erkannte gleich ihre Handschrift – und der vor vier Jahren datiert war. Dieser Brief interessierte mich am meisten. (Der Chronologie zuliebe zitiere ich ihn an anderer, seinem Datum entsprechender Stelle.) Als ich ihn ausgelesen hatte, bis zu diesem schrecklichen Satz: „Ich bin zu ihr verurteilt", fühlte ich meine Augen brennen. Ich las diesen Brief ein paarmal. Er flößte mir eine Art Grauen vor meiner Cousine ein. Ich war zu jung, um nicht einen gewissen Ekel zu verspüren angesichts so hemmungsloser Verirrungen. Und doch faszinierte er mich sehr. Es ging mir mit ihm, wie es Leuten mit Schriftstellern geht, die sie als Mitschüler kannten und die einem in bezug auf die Bücher, die man schrieb, sagen: „Unter uns, ich hätte dir das nie zugetraut", und die immer auf Grund dieser alten Bekanntschaft vergessen, einem zu sagen, wie gut oder wie schlecht sie das Buch fanden. Sehr lange Bekanntschaft mindert das Bedürfnis zu werten. Man sagt: „Ach der, den kannte ich schon, als er in die Sexta ging! Er trug so komische Sporthosen, eigentlich die Radfahrerhosen von früher." Und diese Erinnerung ist dann viel stärker als die Vorstellung, daß er heute etwa ein bekannter, bewunderter und befeindeter Politiker ist.

So war meine Einstellung zu dem Brief Victorias vor allem die: daß ich ihn ihr nicht zugetraut hätte. Und dann verletzte er mich. Vielleicht war es eine ganz allgemeine Eifersucht. Oder, was mir wahrscheinlicher ist, ein noch sehr jugendliches Gefühl für Schicklichkeit. Ich schämte mich sehr, als ich diesen Brief meiner Cousine las.

Dann steckte ich alles, auch den Brief, in einen großen Briefumschlag, den ich in Potsdam kaufte, und schickte es ohne ein Wort an Herrn Mühsals Pariser Adresse, die für die nächsten zehn Tage gelten sollte. Ich habe Herrn Mühsal später noch oft gesehen, aber über diese meine Sendung, die so decouvrierend für ihn wie auch für meine Cousine war, wechselten wir nie auch nur ein Wort. Nur dessen, daß er sie erhalten hatte, versicherte ich mich dadurch, daß ich das Couvert per „Einschreiben" schickte und mir Robert später bestätigte, daß Herr Mühsal um diese Zeit in dem fraglichen Pariser Hotel wirklich logiert hatte.

VIERTER TEIL

I.

Als ich Victoria im Frühling des nächsten Jahres wiedersah – ich war Gast bei Robert und Isolde in Stolpin und besuchte Victoria oft – fand ich sie ganz verändert.

Ich traf sie über Haushaltungs- und Geschäftsbüchern in ihrem Arbeitszimmer. Sie malte, da sie ja schwachsichtig war, aber zu eitel, eine Brille zu tragen – ihr altes Augenleiden hatte sich wieder verschlimmert –, viel zu große und ganz kindlich geführte Ziffern in ihre Bücher.

„Nun, mein Sohn", sagte sie, „es ist gut, daß du wieder im Lande bist. Du siehst, ich habe alle Hände voll zu tun, ein Pächter war gerade hier und hat um Zahlungsaufschub nachgesucht – also setz dich ein Weilchen dahin. Und nun entschuldige mich ein paar Minuten."

Sehr beeindruckt von dieser Geschäftigkeit, wartete ich, bis meine Cousine fertig war. Und als sie dann ihre Eintragungen beendet und die Bücher verschlossen hatte, setzte sie sich zu mir und unterhielt sich mit mir, aber ich erkannte sie kaum wieder in dem, was sie sprach.

„Was sagst du zu Stresemann? Also, ich finde ihn sehr geschickt. Wie gut, daß wenigstens für die nächsten Jahre Leute vom Schlage Perboms abgewirtschaftet haben. Isolde sagte mir – aber sie wird es dir schon erzählt haben –, daß man in Paris geradezu wieder zugeben darf, ein Deutscher zu sein. – Ach, ich würde gern selbst wieder reisen, zumal der Betrieb hier" – sie meinte die Verpachtungen von Wolkiner Grund und Boden – „sich einigermaßen erholt hat. Aber bei meinen Krankheiten! Ich bin ja eine alte Frau geworden. – Widersprich nicht, Peter. Und wie sinnlos habe ich mein Leben vertan ..."

Diese Klage war, wie ich wußte, echt. Victoria litt seit einigen Wochen an einer gefährlichen Herzneurose. Sie bekam Angstzustände und Atemnot, und sie hatte sich mit dem Gedanken, eines Tages sehr unvermittelt zu sterben, vertraut machen müssen. Diese Aussicht bestärkte sie aber nicht nur nicht in ihrer einstigen lethargischen Haltung, sondern reizte im Gegenteil ihren Lebenswillen. Und was die Einflüsterungen ihres Arztes, was der Besuch ihres Geliebten nicht bewirkt hatten, gelang der Aussicht auf den, wie sie vermutete, schon nahenden Tod. Diese ernste, organisch feststellbare Erkrankung, mochte sie auch wie die Verschlimmerung ihres Augenleidens vielleicht psychische Ursachen haben, eine Verlagerung ihres seelischen Leidens darstellen, so war sie doch auch zugleich ganz sichtbar seine Heilung. Ich erstaunte über diesen Umweg, den hier die Natur gegangen war: eine psychische Erkrankung, begünstigt durch seelische Störungen, hebt diese auf.

Nie war Victoria tätigkeitsfreudiger, dem Leben zugewandter gewesen als jetzt. Und das nicht etwa in krankhafter Übertreibung, nicht aus dem Zwang, sich aus Furcht zu betäuben. Sie war plötzlich in einem Grade „bei Vernunft" wie nie zuvor.

Ich sprach mit ihr über Anton Mühsal, mit dem ich in Berlin zusammen gewesen war – er hatte dort wegen eines neuen Buches Verhandlungen –, und sie sprach von ihm mit einer Unbefangenheit, die mich doppelt erstaunte: des Vertrauens wegen, das sie mir damit erwies, und wegen der Klarheit ihres Urteils in einer Sache, in der man sie bisher für allzu befangen hatte halten müssen.

„Es ist mir wie Schuppen von den Augen gefallen", sagte sie (dies in einem Moment, in dem sie anfing, halbblind zu werden!), „es ist mir wie Schuppen von den Augen gefallen, wie albern ich mich benommen habe. Wüßte ich nicht, daß meine Art von Liebe eine schwere Krankheit war, an deren Ausbruch ich unschuldig war, müßte ich mich schämen. Und doch: manchmal, wenn ich nachts nicht schlafen kann und daran denke, daß ich den Morgen vielleicht nicht mehr erlebe, schäme ich mich wirklich. Nicht, daß ich mich so gedemütigt habe, was kommt es darauf schon an! Aber, daß ich meine Zeit so schlecht benutzt habe. Ausgefüllt mit was für Inhalten! Aber ich will mich davor hüten, bitter zu werden. Wäre das nicht ungerecht gegen den, dem ich so lange nachgelaufen bin? Wenn ich ihm auch nicht nachlief… Und weißt du, was mich am meisten beschämt? Daß es der sein mußte, um den ich so unglücklich war. Daß es dieser reizende, liebenswürdige, begabte und doch so nichtige Mann sein mußte. Dabei war er nicht einmal mein ,Typ', wenn ich so sagen darf. Und ich habe jahrelang fest daran geglaubt, daß er mir vom Schicksal zugedacht sei, derart, wie es Platon sagte, wir seien als Hälften eines Menschen auf die Erde gekommen, dazu bestimmt, unsere Ergänzung zu suchen. Und ich glaubte, er sei die mir zugedachte Hälfte, ohne die ich verbluten würde. Aber wenn er es gewesen wäre, hätte er mich doch ebenso lieben müssen, nicht wahr? Er war es aber nicht, und ich werde wohl, ohne meine ergänzende Hälfte auch nur gesehen zu haben, mich davonmachen müssen. Wie ich mich nur so irren konnte! Und wie verlogen ich war! Aber unschuldig, ohne Bewußtheit. Heute erst erinnere ich mich an alles, was mir mißfiel an ihm und was ich mit Kunst vergessen hatte, sobald ich es sah. Da hat mich ein Freund von Herrn Mühsal, Sir Hubert, wahrscheinlich um mich auf seine Weise zu kurieren, über seinen wahren Charakter aufgeklärt. Er sagte mir tausend Dinge, die ich wußte, immer wieder gewußt hatte und immer wieder vergessen hatte, weil sie mich sonst zu sehr gequält hätten. Diese kleinen Unkorrektheiten, unbezahlte Hotelrechnungen, das Ausnutzen von Freunden, nein, das alles waren keine Neuigkeiten für mich. Es gibt in mir eine Art Tagebuch, in dem ich alles, was ich über ihn erfuhr und was ich von ihm erfuhr, eintrug. Aber ich habe es wohlweislich verschlossen gehalten. Das ist das, was ich ,vergessen' nannte. Jetzt aber blättere ich, wenn die Angst nachts kommt und ich nicht schlafen kann, darin, und ich lese erstaunt wie einen fremden Roman meine eigene Geschichte."

Sie schwieg. Dann stand sie unvermittelt auf und sagte: „Ich komme gleich wieder, ich will nur in die Küche gehen und sehen, was man heut abend zu essen geben wird."

Als sie wiederkam, sagte sie: „Was ich dir da eben erzählt habe von kleinen Inkorrektheiten meines Freundes Mühsal, so mußt du nicht denken, daß ich sie ihm vorwerfe. Dazu fehlt mir jeder Anlaß. Das sind seine Angelegenheiten. Und obwohl ich etwas ‚Provinz' sein mag, weiß ich recht gut, daß man ein bedeutender Mensch sein und trotzdem kriminelle Züge haben kann. Und dabei ist das, was ich von Mühsal weiß, kaum kriminell zu nennen. Nein, das werfe ich ihm nicht vor. Mir aber werfe ich vor, daß ich jemanden liebte, der lauter Eigenschaften hat, die mir so mißfallen, daß, wenn ich ihn nicht persönlich kennen würde und jemand mir ihn schilderte, wie er ist, ich ihn abscheulich finden würde. Aber mir ging es ja so, daß ich ihn nach dieser Schilderung einfach nicht erkannt hätte. Denn man ist ja, wenn man so wie ich liebt, gar nicht von dem Bild eines Menschen ausgefüllt, wie er ist, sondern nur von dem, das man sich selber gemalt hat. Das war dann ein prächtiges Kunstwerk in meinem Falle, aber eins aus der Schule subjektivistischer Porträtisten, die den Realismus verachten."

Wir schwiegen. Es war dunkel geworden. Bald würden Robert und Isolde kommen, die mit uns zu Abend essen sollten.

Victoria fragte, und ich erkannte im letzten Licht ihr unsicheres, zweiflerisches Lächeln: „Wissen möchte ich nur eins: ob man immer so viel lügen muß, sich immer so blind stellen muß, um jemanden lieben zu können, wie ich diesen da geliebt habe? Oder ob überhaupt nur solche Närrinnen, wie ich eine war, wirklich lieben können?"

Ich wagte nicht zu antworten. Wir saßen lange schweigend im Dunkeln, ich rauchend, Victoria ganz ruhig. Schon fürchtete ich, ihr könnte schlecht geworden sein, und wollte aufstehen, um Licht zu machen. Da hörten wir Roberts Auto.

Und plötzlich fragte mich Victoria durch die Dunkelheit: „Daß ich so viel von ihm gesprochen habe, beweist das nicht, daß ich doch noch an ihm hänge? Was meinst du, Peter?"

Daß sie noch „an ihm hing", war mir nur natürlich erschienen. Aber zugleich war sie von ihm frei. Frei von dem Trugbild, das sie sich von ihm gemacht hatte. Sie hing an dem Urbild noch immer und würde sich vielleicht nie mehr ganz von ihm lösen können. Sie hätte ihn vielleicht allen ihren gegenteiligen Behauptungen zum Trotz gern wiedergesehen, aber sie wäre außerstande, noch einmal dies zehrende Leid zu fühlen, wenn sie ihn nun nicht sah. Sie hing an ihm, aber nur noch wie mit einem dünnen, unendlich dehnbaren Faden, während sie einst mit dem vollen Gewicht ihres Herzens an ihm gehangen hatte.

Sie war aufgestanden und hatte Licht gemacht. „Nun?" fragte sie mich.

„Ich glaube nicht", sagte ich, „daß du noch wie früher an ihm hängst. Aber, weil er doch in deinem Leben einigen Platz eingenommen hat, den er jetzt sozusagen räumen mußte, ist es nur natürlich, daß du dir über die Raumbenutzung nachträglich Rechenschaft ablegst."

Sie lächelte. „Jetzt habe ich ganz vergessen, mich umzuziehen", sagte sie. Draußen waren Roberts und Isos Stimmen zu hören. Victoria öffnete die Tür, und wir gingen den beiden entgegen.

In meine Freude, Isolde wiederzusehen, mischte sich zuweilen eine gewisse Enttäuschung. Ich suchte das, an was ich mich so lange lustvoll erinnert hatte, nun in der Wirklichkeit wiederzufinden. Ihre Art etwa, die Stimme zu dehnen und die Vokale tief zu sprechen. Oder den unnachahmlich anmutigen Stolz einer Halsbewegung. Ich fand nun diese Züge auch wieder, aber was ich vergessen hatte: sie waren mit anderen vermischt, die meine Begeisterung für Isolde mitunter dämpften. So fand ich zwar ihre Sprechart wieder, aber was ein oder das andere Mal mein Entzücken an ihr beeinträchtigte, war, was sie mit dieser Stimme sagte. Seitdem ich sie liebte, übertrieb ich genauso wie Robert ihre geistige Ausbildung, derer sie in Wirklichkeit gar nicht bedurfte, um ein vorzügliches Geschöpf von Rasse und Geist zu sein. Der „Geist" war bei ihr ganz mit ihrem Körper identisch. Aber zu dieser Einsicht konnte ich, meiner Jugend wegen, noch nicht gelangen, und ich machte mir manchmal im stillen Vorwürfe, was ich denn so Göttliches an ihr fände. Doch wenn ich sie dann eine Zeitlang nicht sah – und da genügte eine Nacht oder ein Vormittag –, malte mir die Erinnerung an den vergangenen Abend ein goldenes, strahlendes Bild von Isolde, und wenn ich mich jetzt meiner Zweifel erinnerte, fand ich mich undankbar, und ich betrachtete die Zeit, in der ich nicht mit ihr zusammen war, als lästige Pause.

Am dritten Tage meines Aufenthalts bei ihnen – wir waren beim Abendessen – fragte ich das junge Paar nach seiner Reise.

„Ach, da ist nicht viel zu erzählen", sagte Isolde. „Außer, daß es in Porquerolles sehr schön war."

Von Porquerolles aus, die eine der Hyerischen Inseln bei Toulon ist, hatten sie mir in der Tat einige Kartengrüße geschickt.

„Und aus Spanien oder Italien ist nichts geworden?"

„Aber ja. Wir haben bei Mentone die italienische Grenze überschritten und sahen sogar das Castell Woronoff, das Haus dieses Verjüngungs-Doktors – du weißt wohl, wer das ist."

„Der diese Geschichte mit den Affendrüsen erfunden hat?"

„Derselbe. Wir machten aber keinen Gebrauch davon, sondern fuhren gleich wieder nach Porquerolles zurück. Da hatten wir uns nämlich in ein paar Fischerknaben und ihre Schwestern verliebt. Wie du siehst, waren wir gar nicht ‚mondän.'"

„Übrigens", sagte Robert, „Isoldes Onkel erinnerte sich recht gut an dich und fragte, was aus dir geworden wäre. Er sendet dir durch uns seine Grüße. Er behauptet, sich einmal sehr gut mit dir unterhalten zu haben. Das Schönste ist, daß ich mich daran noch sehr gut erinnere. Diese Unterhaltung fand in seinem Hause statt, und wir warteten zusammen mit Victoria recht lange in Wolkin auf euer Zurückkommen. – Was, du erinnerst dich nicht mehr?"

Er lachte laut, wie um eine Verlegenheit zu verbergen.

„Aber am nächsten Tage fuhr doch Iso dann ab" – wollte er meinem Gedächtnis ein bißchen nachhelfen.

„Bitte", sagte Isolde, „langweile Peter doch nicht mit diesen alten Geschichten – die er übrigens mindestens so gut weiß wie du."

„Und was ist aus ihm geworden?" fragte ich. Ich sah Isolde an, obwohl ich die Frage an Robert gerichtet hatte. Isolde sah gleichmütig aus, sie hatte die Augen gesenkt.

„Aus ihm? Ja, du wirst es nicht glauben. Warum haben wir es ihm eigentlich nicht gleich erzählt? Der gute Alte hat geheiratet. Und zwar eine reizende, beinah noch junge Frau. Aber frag Iso, sie hat sich mehr mit ihr unterhalten. Also, ich finde diese Vitalität wundervoll, in diesem Alter!"

„Du sprichst", sagte Isolde, „als sei das Eheschließen eine Arbeit wie Holzhacken. Vitalität! Was braucht man Vitalität, um eine Frau zu heiraten!"

Wir lachten. Während ich lachte, bewunderte ich Isoldes Haltung. Ich hielt sie wieder für eine hinreißend gute Komödiantin. Und während ich sie bewunderte, konnte ich ein leichtes Grauen nicht unterdrükken: Was mußte in diesem alten Mann vorgegangen sein, das ihn zu solchem Schritt bewogen hatte! Wie sehr mußte er die Liebe zu seiner Nichte gefürchtet haben, oder besorgt gewesen sein, Isolde könnte in ihrer Neigung zu Robert wieder unschlüssig werden, sobald sie ihn wiedersah! Wie tapfer und entsagungsvoll hatte er somit jede Störungsmöglichkeit ihrer Verbindung mit Robert seinerseits ausgeschlossen!

Wie sehr mußte er bei der Lektüre ihrer Briefe gefürchtet haben, dieses junge Geschöpf, das er vergötterte, könnte wünschen, sich an ihn, einen alten, hoffnungslosen Mann, zu ketten!

„Noch dazu eine so reizende Frau", fügte Isolde hinzu. „Da", und sie reichte mir ein Foto herüber, das sie ihrer Handtasche entnommen hatte, „ist sie nicht süß, unsere Madame Yvonne?"

Ich starrte auf das Lichtbild. Es kam mir bekannt vor, und ich suchte in meinen Erinnerungen, wann ich es schon einmal gesehen hätte. Da hörte ich, wie Robert fragte: „Aber Iso, was ist mit dir los? Weinst du etwa?"

„Weinen? Du bist wohl verrückt, mein Lieber."

Aber schon war Robert aufgesprungen und nahm Isolde die Serviette, mit der sie an ihrem rechten Auge tupfte, fort.

Er beugte ihren Kopf gewaltsam zurück und betrachtete angelegentlich das Auge.

„Es ist seit heut früh etwas entzündet. Ich habe beim Fahren Zug bekommen."

Diese Worte stieß sie heftig hervor und schob zugleich Roberts Hände zurück. Um ihn abzulenken, gab ich Isolde das Foto zurück. Ich hatte es erkannt. Es war dasselbe Lichtbild, das neben dem der kleinen Isolde damals auf dem Schreibtisch ihres Onkels gestanden hatte.

Als ich am nächsten Vormittag mit Isolde allein war, sagte sie: „Das hat dich wohl alles sehr überrascht, was wir dir von meinem Onkel erzählen mußten? Nein, ich habe es dir angesehen. Aber du weißt ja gar nicht, wie es damals war, als ich mit ihm in Paris war. Ich würde es dir, wenn du versprichst, nie mit Robert darüber zu sprechen, erzählen. Damit du ganz diesen Grad von Untreue ermessen kannst."

„Hast du so viel Vertrauen zu mir, Iso?"

Sie sah mich an und lächelte. Es war dasselbe Lächeln, das sie an ihrem Hochzeitstage nach unserem Kuß gehabt hatte, und es versetzte mich wieder in einen fast fiebrigen Zustand von Glück und Unruhe. Wir gingen zu dem Rasenplatz am Ufer. Wir legten uns auf Liegestühle, die ein kleines baldachinartiges Dach gegen die blendende Sonne hatten und die wir eng nebeneinander rückten. Mit geschlossenen Augen erzählte mir Isolde das „Pariser Abenteuer", und ich hörte ihr zu und betrachtete dabei das gemusterte Innere des Baldachins, durch das die Sonnenstrahlen wie durch einen Filter sickerten. Als das Sonnenlicht ungemildert wieder meine Augen traf, war Isolde mit ihrem Bericht fertig.

Ich stellte bei beiden Liegestühlen das „Dach" wieder gegen die Sonne. „Und jetzt?" fragte ich sie. „Wie war es jetzt?"

„Jetzt? Du weißt, wir waren bei der Hinfahrt und bei der Rückfahrt nur je drei Tage in Paris. Beide Male waren wir einmal mit meinem Onkel zusammen. Aber dann habe ich ihn noch einmal heimlich im *Select* getroffen. Das war gräßlich. Ich hielt es da nicht aus, und wir gingen dann in irgendein kleines Café, nachdem wir sehr lange planlos gewandert waren. Dieses Café lag in einer trostlosen Vorstadt, die Malakoff heißt. Ja, diesen Namen mußte ich mir behalten. Und er – er war wunderbar weise und gut zu mir. Ich kann nicht anders als ihn lieben. Das ist nun alles, was mir bleibt, dieser Nachmittag in Malakoff."

„Hat er dir erklärt, warum –"

„Ja. Und ich glaube es ihm. Er hatte wirklich gefürchtet, es würde mein Unglück sein, wenn ich ihn heiratete. Ich sagte ihm, daß er deswegen doch nicht eine andere Frau hätte heiraten müssen. Da hat er nichts mehr gesagt. Ich glaube, ich habe ihn mit dieser Bemerkung sehr unglücklich gemacht."

„Ist es das, daß er diese Frau geheiratet hat, was du vorhin seine Untreue nanntest?"

„Ja. Aber, bitte, Peter, versteh mich um Gottes willen jetzt richtig: nicht Untreue gegen mich – denn ich, die ich den guten Robert heiratete, darf da nicht so streng sein –, aber es ist doch eine Untreue gegen damals, gegen unsere Liebe, wenn du es überhaupt Liebe nennen willst. Verstehst du mich?"

„Ja. Aber ich glaube, du bist in diesem Punkt sehr egoistisch. Vielleicht wäre ohne diese Frau Yvonne, die er da geheiratet hat und die er, wie dir wohl klar ist, seit sehr langem kannte, vielleicht, meine ich, wäre ohne sie sein Leben gar nicht mehr erträglich für ihn gewesen. Vielleicht brauchte er sie, wie du – Robert – brauchst –."

Isolde schwieg. „Brauche ich ihn?" fragte sie dann. „Brauche ich nicht viel mehr Andreas?"

„Aber er hat, weil er alt ist, den Blick für die Zukunft. Würdest du wirklich glücklich sein neben einem Greis?"

„Sei still!" bat Isolde. Ich schwieg. „Daß es das gibt", sagte sie dann, „Zeit! Altwerdenmüssen! Hast du darüber eigentlich schon mal nachgedacht? Daß wir so sehr Sklaven des Kalenders sind? Sklaven der Umdrehung der Erde um die Sonne, der Jahreszeiten und der Lebensalter? Ach, ich weiß, ich bin naiv in diesen Dingen. Aber manchmal erschrecke ich sehr, wenn ich nachts lange die Sterne angesehen habe."

„Hast du aber einmal darüber nachgedacht", sagte ich, „ob er nun, dein Onkel, glücklich ist?"

„Ich glaube, er ist nicht glücklich. Weißt du, als wir ankamen – er wußte doch gar nichts davon –, als wir plötzlich da waren in dieser gräßlichen französischen Wohnung, und er uns entgegenkam und es immer noch nicht glaubte, da sah er wie ein Toter aus. Wie ich glaube, daß ein Toter aussieht, meine ich. ‚Was für eine Überraschung!', diese dumme Phrase sagte er mindestens dreimal und dann: ‚Meine Frau schläft gerade. Ja, sie hält ihren Nachmittagsschlaf, ihr werdet sie nachher sehen.' ‚Wollen wir nicht in ein Café gehen?' fragte ich ihn. Weißt du, ich bin doch sehr stolz darauf, daß ich so sehr die Fassung behielt. Ich glaubte, schreien zu müssen, als er sagte: ‚Meine Frau schläft gerade', nein, was lüge ich dir da vor, nicht schreien, das Gegenteil: ich glaubte, ich wäre plötzlich heiser geworden, fast stumm vor Heiserkeit. Und da sagte etwas aus mir, eine Art Automat: ‚Wollen wir nicht in ein Café gehen?' Robert sah mich dabei an. Er sagt, ich wäre sehr komisch gewesen. Nun, Andreas bestand ganz ängstlich darauf, daß wir blieben. Und dann kam Madame. Eigentlich war sie sehr liebenswürdig. Ich unterhielt mich gut mit ihr. Sie erzählte mir von ihrem kleinen Besitztum in der Normandie und lud uns gleich ein, sie dort einmal zu besuchen. Und Andreas – er sieht wirklich sehr alt aus, aber er arbeitet auch zu viel, Yvonne lag mir sehr in den Ohren deswegen – trommelte mit den Fingern auf der Tischplatte, während das Mädchen Liköre und *Café noir* servierte. O, wie mich dieses Trommeln nervös gemacht hat! Er wäre früher einer solchen Geste gar nicht fähig gewesen. Das Schlimmste nämlich ist, mein Lieber, ich habe den Eindruck, diese sonst sehr reizende Yvonne drückt sein Niveau herab. Und diese scheußliche französische Bourgeois-Wohnung mit Spitzendeckchen, Paravents, Nippes und Pendülen! Das hat mich alles so bedrückt, du kannst es dir nicht vorstellen!"

So sehr Isoldes Schilderung von Eifersucht gefärbt schien, so aufrichtig war sie in ihrem Kummer über die Umstände, in denen Dr. Kindsberg in Paris lebte. Sie glaubte ganz aufrichtig, daß diese Yvonne das „Niveau" ihres Onkels drückte. Aber gedrückt war – wie mir später klar wurde – keineswegs sein Niveau, aber sein Lebensgefühl gewesen, bevor er sich entschlossen hatte, Yvonne zu heiraten. Ohne diese Verminderung seiner Vitalität, denn um eine solche handelte es sich, nicht, wie Robert geglaubt hatte, um das Gegenteil, wäre er nicht darauf gekommen, seine alte, treue Pariser Geliebte zu heiraten, für die er nichts mehr als eine Art posthumer Rücksicht empfand. Eine Rücksicht auf ihre liebenswürdigen Schwächen, ihre falsch angebrachte Besorgtheit, wenn sie nachts in sein Zimmer drang und ihn bat, die Arbeit an seinem neuen mathematischen Lehrbuch zu Gunsten des Schlafs zu unterbrechen, Rücksicht auf ihre Spitzendeckchen, ihren französischen Familiensinn, der kein Mitglied dieser weitverzweigten Sippe ausließ. Und, wenn er seine Kollegen von der Sorbonne bei sich empfing, die Männer ein von Courtoisien durchsetztes Gespräch über Politik und gelehrte Dinge führten, die Frauen wie gealterte, gütige Papageien im Salon um den Kamin saßen, auf dünnfüßigen, niedrigen, schwellend gepolsterten Sesseln, umgeben von Kissen, Paravents, einem Samowar und all dem unnennbaren Chi-Chi, das Madame Yvonne ererbt und selbst erworben hatte – dann war er, der alte, einst mächtige deutsche Kirchenpolitiker, der jetzt an der Sorbonne über deutsche Literatur, über Mathematik und Physik lesen durfte, beinahe – für eine Viertelstunde oder eine halbe oder einen ganzen Abend – glücklich.

II.

Seit einiger Zeit bemerkte ich bei Kathinka einen trotzigen oder leidenden Gesichtsausdruck (aber so, wie man ihn bei Kindern kennt, die einem dartun wollen, daß sie leiden), den ich mit einem veränderten Verhalten Roberts ihr gegenüber seit seiner Hochzeit in Zusammenhang brachte. Eines Abends, als Isolde schon zu Bett gegangen war, fragte ich ihn danach.

„Ist es dir also auch schon aufgefallen, mit was für einem albernen Gesicht sie neuerdings herumläuft? Aber sie konnte doch nicht gut annehmen, daß ich nach meiner Verheiratung noch … Nein, zu dumm! Schließlich gibt es doch gewisse Grenzen. Wir leben doch nicht in einem völlig gesetzlosen, amoralischen Zustand."

Diese Reden erstaunten mich sehr, weil sie einen ganz anderen Robert, als den, den ich kannte, offenbarten. Anzeichen dieser Wandlung hatte ich allerdings schon wahrgenommen, etwa in der Art, wie er an seinem Hochzeitstage sich mit Isoldes Ergebenheit brüstete, die er noch kurz zuvor als so unverdient empfunden hatte, daß er nicht an sie zu glauben wagte. Aber ich brauchte ihn ja nur anzusehen, nur ihm zuzuhören.

Der Robert, der einst, als Isolde sich entschlossen hatte, mit ihrem Onkel nach Paris zu gehen, bei Nacht in den Schrotsee ging, um sich zu töten, und der es dann, aus besserem Instinkt, aufgab, – jener Robert, der geliebt und um seine Liebe gebangt hatte, war tot. Und wenn der alte Robert ein Künstler werden wollte, weil er eine dumpfe Verehrung für die Kunst hatte – er, der ein Revolutionär war, weil seine private Freiheit bedroht war –, so war der neue Robert nichts weniger als revolutionär, und wenn er sich begeisterte, so nicht für die Künste. Er war nicht einfach ein Gärtner geworden wie Berthold – und ich wünschte, er wäre es geworden –, sondern vor allem der Besitzer großer Mustergärtnereien, Obstplantagen und eines beträchtlichen Bankkontos. Ich fragte mich, ob der Besitz (zuletzt der Besitz Isoldes) Robert so verändert habe, oder ob es eine einfache Folge des Älterwerdens sei.

Robert hatte sich als eine jener Naturen enthüllt, die die „Moral“ gern benützen, wenn sie sich mit ihren Interessen deckt, und die, wenn dies nicht der Fall ist und man ihnen „Unmoral“ vorwirft, einem dann erklären, daß sie doch nicht „von gestern“ seien und über alles die Vorurteilslosigkeit stellten.

So entwickelte mir Robert einen Plan, Kathinka mit Fritz, dem Enkel des alten Berthold, zu verheiraten.

„Es wird Zeit, die Verhältnisse in diesem Hause zu ordnen“, bemerkte er mit etwas komisch anmutender hausväterlicher Würde. „Dabei würden beide keine schlechte Partie machen. Denn Kathinka wird von mir bedacht werden, und Fritz in nicht allzu ferner Zukunft seinen Großvater beerben.“

„Und die beiden lieben sich?“

„Wofür ich sogar Beweise habe“, erklärte er. „Neulich ...“, und hier senkte sich unwillkürlich seine Stimme, als er mir eine kleine skandalöse Geschichte mitteilte.

Ich bezeigte ihm einiges Erstaunen: „Aber, ich denke, du warst ihr Favorit?“

„Der seine Rechte nicht mehr geltend macht! Ich gebe zu, ich empfand für einen Moment Eifersucht. Dann aber sah ich in dem Wissen um diese Anekdote ein – wie soll ich sagen – taktisches Mittel –, das ich mich dann auch nicht anzuwenden scheute, als Kathinka – es war vorgestern – mich in großangelegter Szene um ihre Entlassung ersuchte.“

„Und was bewirkte dein taktisches Mittel?"

„Eine phantasievolle Darstellung, nach der dieser junge Conquistadore sie nur mit der Drohung gefügig gemacht hätte, ihre früheren Beziehungen zu mir meiner Frau zu enthüllen! Nun, das Komische an der Geschichte war, daß ich ihr nicht gut sagen konnte, daß meine Frau damit keine Neuigkeit erfahren würde. Das hätte denn doch einen zu verworfenen Eindruck auf sie machen können. Man muß für diese Menschen ein gewisses Einfühlungsvermögen aufbringen, weißt du ..."

„Wirft diese Geschichte aber nicht ein etwas peinliches Licht auf deinen Fritz?"

„Wer sagt mir, daß sie der Wahrheit entspricht? Daß Kathinka sie nicht vielmehr aus einer Eingebung ihrer Scham erfunden hat? Sollte sie aber doch wahr sein, was muß ich dann aus ihr folgern? Daß Fritz, um zu seinem Ziel zu gelangen, ihr ein bißchen Angst gemacht hat. Jedenfalls weiß ich, daß es ihm ernst ist mit ihr, sonst hätte er mich wohl kaum gebeten, den Brautwerber bei Kathinka zu machen – was ich freilich in Anbetracht meiner besonderen Stellung zu der Braut abgelehnt habe. Ich dachte schon einmal an dich, ob du nicht –"

Ich machte eine abwehrende Bewegung, und für dieses Mal endete hier unser Gespräch.

Die Art, in der Robert über diese Dinge gesprochen hatte, war mir peinlich und enttäuschend gewesen. Sie raubte ihm für mein Gefühl etwas von dem jugendlichen, ritterlichen Glanz, den ich einst an ihm wahrgenommen hatte. Um mein – und vielleicht auch sein –

Unbehagen zu überwinden, bat ich ihn, mit mir noch etwas spazierenzufahren. Wir fuhren an den Gärten vorbei, an dem großen, schattenhaften Forst, sahen das im Mondlicht schimmernde, sich allmählich verbreiternde Band der Havel, Wiesen, über denen ein zäher, dicker Nebel stand, und dann den Schrotsee.

„Erinnerst du dich?" fragte ich Robert. Und ich meinte nicht allein unsere nächtliche Ruderfahrt an dem Abend, an dem ich das erste Mal betrunken war, ich meinte alle die Male, da ich mit ihm und mit Isolde hier gewesen war, ich meinte eine ganze Zeit.

Robert nickte. Plötzlich bremste er scharf, sah mich lächelnd an und senkte wie beschämt die Augen. Dann fuhr er mit großem Tempo, die Scheinwerfer bebend über der Straße, weiter. Aber als er mich angesehen hatte, war er wieder der alte Robert gewesen, der, den ich geliebt hatte, und der mich jetzt noch einmal verstanden hatte.

Und während ich die Augen im Rausch der Schnelligkeit schloß, sagte er: „Ach, diese Wiesen – es liegt wie Meltau auf ihnen." Da erinnerte ich mich der Worte Victorias vom ersten Abend, daß diese Landschaft früher Sumpfland gewesen sei, und das Wort „Meltau" gab mir jetzt die Vorstellung einer giftigen Substanz, die aus dem Boden atmete und, was sie erreichte, beschlug und blind machte.

Am gleichen Abend hatte mir Robert über Erlebnisse in Berlin berichtet, die mich nach allem, was ich nun von ihm gesehen hatte, nicht mehr sonderlich wundernahmen. Kathinka hatte ihre Nachfolgerin bereits gefunden.

Was mich bei dem, was Robert über seine Berliner Freuden sagte, am meisten empörte, war, daß ich darin eine Herabwürdigung Isoldes fand. Wie undankbar, wie barbarisch verhielt er sich gegenüber diesem kostbaren Geschenk, das ihm das Schicksal hatte machen können!

Der Grund aber, daß ich dennoch nicht wagte, ihm darüber Vorhaltungen zu machen, war, daß ich meiner eigenen Verliebtheit in Isolde mißtraute; und ich fürchtete, mein Befremden, ihn ein so schönes Wesen mißachten zu sehen, wäre weniger stark gewesen, wenn ich nicht selbst in dieses Wesen so verliebt gewesen wäre.

Meine Beziehung zu Isolde war durch ihre letzten Geständnisse über die Wiederbegegnungen mit ihrem Onkel beeinträchtigt worden. Ich respektierte ihre Niedergeschlagenheit, und ich sah zu deutlich, daß sie mir nichts anderes als herzliche Kameradschaft entgegenbrachte.

Schon wollte ich wieder, mit den ersten wirklichen Enttäuschungen meiner Jugend, die – aus so verschiedenen Ursachen – Robert und Isolde mir verursacht hatten, nach Berlin gehen, als Robert mir mitteilte, die amerikanische Reise, von der er mir schon erzählt hatte, sei plötzlich endgültig beschlossen worden; er und seine drei Kollegen träfen sich in zehn Tagen in Hamburg. Von mir aber erwarte er, daß ich, solange ich nur wollte und könnte, in Stolpin bliebe.

„Iso hängt sehr an dir, mein Lieber. Ich habe sichere Anzeichen dafür. Und wie traurig sie allein hier wäre! Sie trug mir auf, dich aufzufordern, ihr Gesellschaft zu leisten. Sie selbst wagte es nicht. Du kennst ja ihre große Scheu, aufdringlich zu scheinen. Bleibe doch!" Schließlich, da ich zögerte, wies er auf Victorias immer bedenklicheren Zustand hin, und daß es mir vielleicht lieb sein würde, sie jetzt ab und zu zu sehen, da es doch bald schon zu spät dafür sein könnte.

Dieser letzte Grund, mit dem er mir Furcht machte, überzeugte mich. Denn es war meine erste Regung gewesen, nicht einen Tag länger als Robert zu bleiben, weil ich die Folgen des Alleinseins mit Isolde fürchtete: entweder zum Verräter an Robert zu werden – oder aber nur aus einer noch uneingestandenen Liebe eine eingestandene und hoffnungslose zu machen. Nun, mit dem Hinweis auf Victorias Krankheit, wurde es mir leichter gemacht, zu bleiben.

Als ich Victoria besuchte, bedeutete mir die Schwester, daß ich nicht lange bleiben dürfe und auch nichts Aufregendes mit ihr besprechen solle. Dann wurde ich in ihr Schlafzimmer geführt.

Zuerst unterschied ich außer dem gealterten Gesicht meiner Cousine, auf das das Licht einer roten Ampel fiel, und außer den Kissen, die dieses eingefallene Gesicht umgaben, nichts. Denn in dem völlig verhängten Raum gab es keine andere Lichtquelle, und erst allmählich fand ich mich zurecht.

„Kommst du also wirklich einmal deine alte Freundin besuchen?" sagte Victoria. „Ja, setz dich hier auf diesen Stuhl. Nimm bitte die Bücher herunter. – Ein Glück, daß Schwester Maria uns allein läßt. Sie ist nicht etwa unangenehm, so ein liebes Wesen, aber doch fremd. Und ich mag neue Menschen nicht mehr kennenlernen. Ich fürchte auch, aus meinem Reiseplan wird nichts werden. Obwohl ich ziemlich sicher bin, daß diese Krise gut vorübergeht. Dr. Apfel hat mir einen Kollegen mitgebracht, der von solchen Dingen etwas versteht, einen Internisten. Ich glaube, Apfel nimmt es mir doch ein bißchen übel, daß ich so richtig, sagen wir ‚organisch' krank geworden bin. Der Neue ist sehr tüchtig, wie man mir sagt. Übrigens will er für meine Augengeschichte auch eine andere Ursache als Apfel annehmen. Ich will dir sagen, soviel Ärzte, soviel Meinungen über die Leiden, die man hat. Das sagte mein Vater schon, an den ich überhaupt jetzt oft denken muß. Kannst du dir vorstellen, daß ich über ein Jahr sein Grab nicht besucht habe, trotzdem es nur ein Weg von einem halben Kilometer gewesen wäre? Aber sobald ich wieder gehen kann, will ich zu ihm, damit er nicht zu zornig wird."

Es klopfte an der Tür. Victoria zog eine gereizte Grimasse. „Was soll's?" rief sie.

Schwester Maria, mild lächelnd, zeigte sich im Türrahmen. „Strengt Sie das Sprechen nicht zu sehr an, gnädige Frau?"

„Nein. Gar nicht. Sagen Sie, liebe Schwester, kann ich eine recht heiße Zitronenlimonade haben?"

„Eine kalte würde Ihnen viel besser bekommen, gnädige Frau. Der Professor sieht es nicht gern, wenn Sie heiße Getränke nehmen."

„Ach, bitte, tun Sie mir den Gefallen!"

Traurig lächelnd ließ uns Schwester Maria allein.

„Wenn ich nämlich um eine heiße bitte", erklärte mir Victoria, „bin ich wenigstens für zehn Minuten sicher, daß wir allein bleiben. Deswegen!"

Ich war entsetzt, meine Cousine in diesem Zustand zu finden. Sollte die Epoche ihrer Vernünftigkeit, die mich noch vor kurzem so angenehm überrascht hatte, wieder – endgültig – beendet sein? War diese Klarheit nur ein letztes Aufflackern gewesen?

„Wenn ich nur wüßte, was man mit mir tut", klagte Victoria. „Einen Tag um den anderen kriege ich eine Injektion, und man verheimlicht mir, was es ist. Und Apfel kommt immer seltener. Soll ich dir sagen, daß er neulich – dieser Trottel! – geweint hat, als er hier war? Natürlich tat er so, als sei er ganz heiter und zuversichtlich. Und während er lachte und mir einen etwas freien Witz erzählte, weinte er. Komischer Kauz! Ein Arzt und weinen! Was für eine Welt!"

So schwätzte sie, und ich fühlte mich davon beklommen. Die Schwester brachte eine nicht allzu heiße Limonade.

„Noch fünf Minuten!" raunte sie mir zu. Ich nickte.

Victoria hatte es nicht bemerkt. Jetzt hatte sie die Augen geschlossen. Mit geschlossenen Augen suchte sie mit den Händen etwas unter dem Kopfkissen. Endlich hatte sie es gefunden.

„Da, ein Brief von Herrn Mühsal. Er will mich besuchen. Er hat gehört, daß ich nicht ganz wohl wäre und will nach mir sehen. – Blumen hat er mir aber nicht geschickt."

„Willst du ihn empfangen?"

„Nein."

„Hast du ihm wenigstens gedankt?"

„Ich habe Maria einen kurzen Brief diktiert, der Arzt hätte mir jeglichen Besuch strikt verboten. Ich dankte ihm für seine Sorge und hoffte, daß er selbst wohlauf sei."

„Arme Victoria", sagte ich. Gleich darauf erschrak ich über diesen meinen spontanen Ausruf.

„Was meinst du damit, Peter? Warum arm?"

„Ach nichts – nichts –. Nur daß du dich nicht wohlfühlst, nicht wohl genug, um herauszugehen. Draußen ist das Wetter so schön."

„Ja, ist heute schönes Wetter? Dann mußt du bald wieder hinausgehen ... Geh spielen mit Robert oder Isolde."

Sie wollte mir zulächeln. Aber da ihr Leiden sich verschlimmert hatte, traf das Lächeln nicht mein Gesicht. Wirr und unendlich schön, selig wirr, lächelte sie in das dunkle Zimmer.

Sie suchte meine Hand. „Und wenn du ihn zufällig triffst – grüß ihn schön von mir. Er soll nicht böse von mir denken ..."

Ich küßte ihre Hand und ging dann, vorsichtig tappend, zur Tür, die wie von selbst sich öffnete. Die Schwester stand draußen. Wir machten ein paar Schritte zusammen.

„Und vor kurzem war sie noch so vernünftig, trotzdem ihr Herz schon sehr in Unordnung war", beteuerte ich. „Was bedeutet dieser schreckliche Rückfall? Woran leidet sie? Das kann nicht einfach eine Herzneurose sein!"

Maria lächelte. „Das darf ich Ihnen nicht sagen." –

Ein paar Wochen später, als alles vorbei war, bestellte ich Herrn Mühsal Victorias letzten Gruß. Und wenn er Victoria geliebt hätte, wie sie es sich vergeblich gewünscht hatte, er hätte nicht tiefer erschüttert sein können. Vielleicht liebte er sie von nun an wirklich. Aber so, wie man Engel liebt, oder Gott, oder den Tod.

III.

Es war mir schon oft aufgefallen, daß Bertholds Enkel mir, wenn er in Stolpin zu tun hatte, freundlichlistig zulächelte, als sei ich sein Bundesgenosse in nicht ganz einwandfreien Affären.

An diesem Abend gelang es ihm nun, mir von dem zu sprechen, was ihm am Herzen lag.

Er hatte mir einen Gruß zugerufen, und wir hatten über das Wetter gesprochen, als wir beobachteten, wie Kathinka ins Haus ging. Da ließ Fritz einen Theaterseufzer hören, der so deutlich nur den einen Zweck hatte, daß ich ihn fragen sollte, was in Gottes Namen ihn denn bedrücke, daß ich halb amüsiert auf sein Spiel einging. Womit er es denn auch schon gewonnen hatte.

Er stellte mir also sein Problem dar: Kathinka habe eigentlich nichts gegen seine Person – wie sie bereits bewiesen habe –, mancherlei aber gegen seinen Stand einzuwenden, weswegen sie ihn nicht heiraten mochte. „Sie ist ja eine russische Fürstin oder so etwas Ähnliches", flüsterte er mir zu. Aber schließlich residierte sie oder ihre Familie, von der man im übrigen einfach gar nichts wisse, nicht mehr in einem Schloß im Kaukasus oder sonstwo im weiten Asien, wenn man ihr auch, was er andererseits gern zugestehen wolle, die vornehme Abkunft wohl ansehen könne. Wahrscheinlich wären ihr nur gewisse Aufmerksamkeiten des jungen Herrn, die ja nunmehr der Vergangenheit angehörten, zu Kopfe gestiegen. Vielleicht aber käme sie von selbst noch zur Raison, andernfalls möchte vielleicht auch ein gutes Wort von dritter Seite von heilsamer, zurechtrückender Wirkung sein ...

Ich versprach, um ein Ende zu machen, bei Kathinka gelegentlich ein Wort für ihn einzulegen.

Er dankte mir höchst erfreut. „Wissen Sie", sagte er, „es wäre mir doch zu peinlich gewesen, gerade Herrn Robert um diese Gefälligkeit zu bitten."

Als ich am nächsten Vormittag Kathinka allein im Garten traf, wo sie die ersten Erdbeeren pflückte, sprach ich mit ihr. Als sie mich kommen sah, lächelte sie.

„Wollen Sie eine Erdbeere kosten?"

Ich fand in diesem Moment, daß sie die Liebenswürdigkeit, die sanfte, dienende Courtoisie eines japanischen Teehausmädchens habe, oder die Liebenswürdigkeit, die man diesen nachsagt. Sie war ein wunderbarer und seltener Frauentyp: eine etwas sentimentale Nymphe.

Ich nahm ein paar Erdbeeren. „Wissen Sie", sagte ich, „von wem ich Ihnen einen Gruß sagen soll? Von

Fritz. Er ist unglücklich vor lauter Liebe zu Ihnen. Finden Sie das nicht schmeichelhaft?"

Sie erstarrte. Dann sagte sie, indem sie sich aus ihrer gebückten Haltung aufrichtete: „Aber ich mag keine Gärtnerburschen oder Chauffeure." Sie sagte das mit solch natürlichem Ernst, mit einem ihr so selbstverständlichen – wie mir unverständlichen – Klassengefühl, daß ich erschrocken mich unwillkürlich selbst fragte, wie ich es wagen konnte, dieser anmutigen, feinen jungen Dame eine derartige Mesalliance zuzutrauen. Sie erinnerte mich in dem blauem Licht dieses Vormittags in der frühsommerlichen Havellandschaft an irgendeine griechische Sklavin der Antike, eine junge Aristokratin, die die siegreichen Barbaren weithin verkauft hatten – bis in unsere Zeit. Und wie ihre Gestalt und ihr nachdenklich erhobener Kopf sich jetzt in den blauen Horizont – wir standen auf einem kleinen Hügel – zart und genau einzeichneten, mußte ich denken, daß man den zweiundzwanzig Jahren, die sie zählte, noch zweitausend zuzählen dürfe. So erschien sie mir in zeitlos-uralter Jugend.

Ich fühlte, daß alle meine Worte an dem Widerstand, den ihr ihre Schönheit verlieh, abprallen würden. Und ich wußte plötzlich nichts mehr zu Fritzens Gunsten zu sagen, und fast beschämt plauderte ich noch ein Weilchen mit ihr über das Wetter und den Gartenbau.

Immerhin sah ich nun, daß Roberts Auslegung des Falls nicht so falsch gewesen war. Was aber Fritz betraf, so verzichtete er bald auf Kathinkas Einwilligung in die Ehe, zumal er sich ihrer Liebe erfreuen durfte. Und ein Jahr später traten dann Umstände ein, die Kathinka schließlich doch veranlaßten, sein altes Angebot jetzt anzunehmen. Sie gehörte zu diesen Frauen, für deren Glück es notwendig scheint, sich etwas unglücklich, weil mißverstanden in ihrem wahren Wert, zu fühlen, die aber, nachdem sie einem zu verstehen gegeben haben, daß sie sich in einer ihrer nicht ganz würdigen Situation befinden, sich als die liebevollsten, sanftesten und umgänglichsten Naturen erweisen.

Die Bemerkung, die Robert über Isoldes Sympathie für mich gemacht hatte, der Umstand, daß sie mich durch ihn bitten ließ, auch in der Zeit, in der Robert abwesend sein würde, bei ihr zu bleiben, ließ mich vermuten, daß sie vielleicht doch meine Liebe ein wenig erwiderte. Und der besondere Umstand, daß sie mich nicht selbst gebeten, sondern damit Robert beauftragt hatte, erschien mir nun wie ein sicheres Symptom ihrer Zuneigung, die sich scheute, sich allzu schnell zu verraten.

Ich war wieder öfter mir ihr zusammen.

„Willst du also noch etwas bleiben und mir Gesellschaft leisten?“ fragte sie mich auf einem unserer Spaziergänge.

„Wenn ich darf.“

„Das weißt du doch.“

Sie ging neben mir, den Kopf gesenkt.

„Denkst du noch immer an Paris?“ fragte ich.

Sie nickte.

Dann sagte sie: „Das ist eine Geschichte, die ihre Lösung nicht gefunden hat. Sie wird mir ewig nachgehen. Und ich verstehe nur nicht, wie Onkel Andreas sich so leicht damit abfinden konnte!"

Nach einer Weile sagte sie: „Ich glaube, Peter, ich habe lange darüber nachgedacht, man kann doch nur einem Menschen treu sein. Einem oder niemandem."

Diese letzten Worte schmerzten mich sehr. Denn wenn sie mir auch für die Zukunft eine Chance gaben – da Isolde ja einem nicht treu sein durfte –, so fürchtete ich doch diese mögliche Vereinigung, die ich nur ihrer Melancholie und Resignation verdanken würde und die durch Isoldes Ausspruch von vornherein als eine unter anderen gekennzeichnet wurde. Ich war aber noch so jung, daß ich mir Bindungen für die Ewigkeit und nur ganz ausschließlich wünschte. So wußte ich nichts auf ihre Überlegung zu erwidern, und wir hatten einen schweigsamen Spaziergang.

Bis sie mich plötzlich am Arm berührte und fast freudig sagte: „Weißt du, ich habe das im Gefühl, ich weiß es beinahe: Onkel Andreas wird herkommen."

Robert traf bald seine Reisevorbereitungen. Er war von einer nervösen Munterkeit, besuchte einmal Victoria, wurde aber, obwohl man es ihm erst versprochen hatte, dann doch nicht vorgelassen, und kehrte mißmutig zurück.

„Das sieht mir nicht sehr trostvoll aus", bemerkte er. „Ich fürchte, ich sehe die Gute in diesem Leben nicht mehr." – „Ich weiß nicht, wie du sprichst!" beklagte sich Isolde.

Dann trat etwas ein, was auf mich wie die grausame und höhnische Antwort auf Isoldes Ahnungen von der Rückkehr ihres Onkels wirkte und was doch, nur noch folgerichtiger, das bedeutete, was sie die „Lösung“ genannt hatte. Drei Tage vor Roberts Abreise nach Hamburg traf ein schwarzumrandeter Brief aus Paris ein, mit einer fremden Handschrift geschrieben. Es war Madame Yvonne, die in einem ebenso eleganten wie sich untröstlich gebärdenden Französisch Isolde mitteilte, daß ihr Onkel vor wenigen Tagen einem Herzschlag erlegen sei. Ihr allzu großer Schmerz ließe ihr erst jetzt Zeit, ihr zu schreiben. Übrigens habe das soeben in Anwesenheit des Notars eröffnete Testament ergeben, daß ihr geliebter Gatte sein Vermögen zu genau gleichen Teilen an sie und an Isolde, ihre liebe Cousine, vermacht habe. Und sie hoffe nur, daß dieser Beweis seiner gleichmäßig großen Liebe für sie beide sie für die Zukunft noch enger befreunden würde. Der Brief war mit „ma chère cousine“ überschrieben und schloß mit Ausdrücken namenlosen Kummers, aber herzlicher Freundschaft für „die kleine Nichte meines ewig geliebten André“.

„Das ist nicht wahr!“ schrie Isolde. Und dann fügte sie leise hinzu: „Das kann nicht wahr sein.“ So antworten wir auf die großen Unglücksfälle, die uns heimsuchen, ja immer. Erst leugnen wir sie einfach, dann versuchen wir sie mit unserer Logik zu überreden, sie könnten doch nicht geschehen sein. Und dann schweigen wir.

Aber noch wimmerte Isolde, es könne und dürfe doch nicht wahr sein, was diese Yvonne ihr da schriebe.

Sie schlug mit ihren kleinen Fäusten sich ins Gesicht und fügte so der über sie verhängten seelischen Marter eine freiwillige körperliche hinzu. Dann nahm sie den Brief, zerknüllte ihn, strich ihn wieder glatt, las ihn immer wieder und ging endlich mit ihm, kaum noch weinend, in ihr Zimmer, das sie verschloß. Robert, der sie aufhalten wollte, stieß sie zurück.

„Laß mich doch!" rief sie ihm zu. Er kam zu mir zurück.

„Das hätte ich nie von Isolde gedacht, daß so etwas sie so stark mitnehmen könnte. Aber du hättest sie in Paris sehen müssen. Ganz kühl war sie zu ihrem Onkel, konventionell freundlich, eigentlich etwas pikiert. Das verstehe ich nicht!"

Er setzte sich ganz still hin und dachte nach. Und plötzlich fühlte ich mit einem Erschrecken, was hinter dieser sich aufrichtenden Stirn vorging. Er hatte begriffen.

Er sah mich an, mit Augen, deren Trauer mich erschütterte.

„Arme Iso", sagte er leise. Und dann: „Ich Idiot! Was habe ich da angerichtet!"

Diese spontane Selbstbezichtigung, diese Ritterlichkeit, die ich einst an ihm gekannt hatte und die jetzt wieder – für einen Augenblick nur, wie sich zeigte – durchbrach, schien mir beweisen zu wollen, daß die Verkrustungen, die die Zeit an ihm vorgenommen hatte, nicht bis an den Kern zu dringen vermocht hatten.

Isolde beschloß, in vier Wochen, wenn schon ein wenig Grün auf dem Hügel sein würde, das Grab ihres Onkels zu besuchen. An dem Tage, an dem sie Madame Yvonnes Mitteilung erhalten hatte, war er beigesetzt worden. Sie bat mich, sie auf dieser Reise zu begleiten, da Robert ja noch in Amerika sein würde und, fügte sie hinzu, sie diese Reise lieber mit mir unternähme.

Robert verabschiedete sich von uns. „Grüße Amerika“, sagte Isolde lächelnd. Das erste Mal, daß sie wieder lächelte.

„Und ihr“, sagte Robert, ebenso lächelnd, „betrügt mich nicht!“

Seitdem Robert begriffen hatte, daß Isolde ihren Onkel geliebt hatte, mehr als sie ihn je geliebt hatte oder lieben würde, war ihm seine einstige Sicherheit, daß sie sich – aus Stolz! – nie in einen anderen verlieben könnte, genommen worden. Er zog aus der Vergangenheit Rückschlüsse auf die Gegenwart, indem er sich sagte, daß, wer einmal angefangen habe, Beziehungen zu zwei Menschen zu haben, von denen mindestens einer der beiden nicht wußte, daß es einen zweiten gab, wohl imstande sein würde, ein solches Spiel zu wiederholen. Hinzu kam die Befürchtung, daß ich, um Isolde über etwaige Skrupel hinwegzuhelfen, so indiskret sein könnte, ihr von seinen Berliner Abenteuern zu erzählen. So schwankte er zwischen Mißtrauen und schlechtem Gewissen, nämlich Eifersucht mir gegenüber – sie stellte ein ganz neues Moment in unserer Beziehung dar, ja, sie war der Keim zu ihrer Zerstörung – und zwischen der Furcht, ich könne ihn verraten. Da er aber keineswegs sicher war, ob ich sein Mißtrauen in der einen oder anderen

Richtung bereits verdiente und er durch eine Äußerung der Art mich nicht verletzen könne oder gar erst in Versuchung führen, unterdrückte er seine Besorgnisse. Nur, als Isolde und ich bei seinem Abschied so dicht und irgendwie „im Bunde" nebeneinander standen, wagte er seine Furcht, als Scherz verkleidet, zu äußern.

„Fürchte nichts", sagte Isolde, „ich habe dich bis jetzt noch nie betrogen." Robert, der ängstlich jedes Gespräch über Isoldes Beziehung zu ihrem Onkel vermieden hatte, um nicht etwa ein unangenehmes Geständnis hören zu müssen, nahm diese Äußerung Isoldes als Antwort auf seine heimlichen Fragen. Und weil er von Isoldes Aufrichtigkeit fest überzeugt war, beglückte ihn ihre Bemerkung sehr. Erst später, als er in seinem Wagen saß, überlegte er sich wieder, ob der Akzent dieser Bemerkung nicht auf dem „ich" gelegen habe, und Isolde durch mich oder durch irgendeinen geheimen Zeugen seiner Vergnügungen über alles wohl orientiert sei.

Gegen Abend brachte Fritz das Auto zurück, mit dem Robert nach Berlin gefahren war. Er bestellte uns Roberts Grüße und, daß er vergessen hätte, uns zu bitten, recht oft nach Victoria zu sehen.

Nach dem Abendessen bat mich Fritz unter einem Vorwand hinaus.

„Ich muß Ihnen etwas beichten", sagte er, während er sein Rad in der Hand führte, bereit zur Rückfahrt nach Wolkin. „Herr Robert hat mir aufgetragen, Sie und die junge Frau zu beobachten."

„Was heißt das? Schwindelst du da nicht?"

Fritz lächelte. „Ach nein, lieber Herr, ich schwindele nicht. Er hat mir seine Adresse gegeben. Aber seien Sie sicher: Ich würde nichts schreiben. Verstehen Sie? Sie haben doch auch bei Kathinka für mich gesprochen. Sie hat es mir selbst wiedererzählt. Nein, nein, verlassen Sie sich auf mich! Ich halte zu Ihnen!"

Hätte ich ihn nicht mit ein paar gefaßten Dankesworten verabschiedet, hätte er noch lange in dieser Art weitergesprochen. Dies also, fühlte ich, war das Ende meiner Freundschaft mit Robert.

IV.

Unter der Post, die Isolde in diesen Tagen erhielt, war auch ein Brief von Julien, von dem sie mir ja erzählt hatte. Er habe, schrieb er ihr, ihre Adresse von Madame Yvonne erhalten, mit der er überraschenderweise entfernt verwandt sei. Leider sei er erst jetzt aus Annam zurückgekehrt, wo er zwei Jahre im konsularischen Dienst verbracht habe; diese Jahre, so interessant sie für ihn gewesen seien, hätten ihn um das unschätzbare Vergnügen gebracht, ihren Onkel bei seiner Verwandten wiederzutreffen. Dies sei nun zu spät, und er bäte sie, ihm zu glauben, wie sehr er ihren Kummer nachfühle. Sie wiederzutreffen sei es aber noch nicht zu spät. „Wann werden Sie nach Paris kommen? Ich denke mir, daß Sie es, auch wenn ich nicht wäre, ohnehin bald besuchen würden, um Ihre Angelegenheiten zu regeln. Madame Yvonne hat mir gesagt, daß fast alle Bücher Ihres Onkels für Sie bestimmt seien."

„Freust du dich, ihn wiederzusehen?" fragte ich.

„Aber ja. Weil er mich an die Zeit mit Onkel Andreas erinnern wird."

„Nur deswegen?"

„Ich glaube. Aber ist das nicht Grund genug?"

„Doch", beeilte ich mich, ihr zu bestätigen.

Am Abend fragte sie mich noch einmal: „Warum fragtest du vorhin, ob ich mich freue, Julien wiederzusehen?"

Ich antwortete nicht.

„Geheimniskrämer!" schalt sie. „Wie gern würde ich aus dir schlau ..."

Die Wahrheit war, daß das Wiederauftauchen Juliens mich mit tiefer Beunruhigung erfüllte. Ich hatte mich so gefreut, diese Reise mit Isolde allein zu machen. Daraus schien nun nichts zu werden.

„Willst du ihn oft sehen?" fragte ich sie.

Sie lachte, etwas unsicher. „Wenn du ihn schrecklich finden solltest, natürlich nicht."

Diese Antwort machte mich sehr glücklich. Ich glaubte, in ihr ein Eingeständnis ihrer Liebe für mich zu sehen.

„Und wenn ich dich bitten würde, ihn überhaupt nicht zu sehen?"

Diese Frage stellte ich nicht, weil ich etwa daran gedacht hätte, an Isolde wirklich diese Bitte zu richten, sondern aus dem taktischen Reiz, eine Möglichkeit bis aufs äußerste zu erproben, wie vielleicht ein Militär bei einem Manöver das fast Unmögliche riskiert, mit dem Gedanken: wenn es gelingt, um so besser, wenn nicht, dann sehen wir wenigstens, daß dies Experiment für den Ernstfall ausgeschlossen werden muß.

Isolde lächelte. „Aber ich weiß doch, daß du mich nicht darum bitten würdest." Und ich fand dieses liebenswürdige Ausweichen – so wenig es mich befriedigte – so bewundernswert, daß ich nicht weiter in sie dringen mochte.

„Übrigens wirst du ihn mögen", fügte sie hinzu.

Von Robert trafen telegrafische Grüße ein, die die Mahnung einschlossen, uns um Victoria zu kümmern. Er glaubte gewiß, daß uns die Sorge um die sterbende Victoria hindern würde, unserer Leidenschaft – falls es schon so weit gekommen war – zu folgen.

Wenn ich Roberts gewöhnliches Verhalten Isolde gegenüber mit seiner Furcht jetzt, sie könnte ihn hintergehen, verglich, wunderte ich mich sehr. Ich verstand nicht, daß man etwa einen Gegenstand, den man wenig gebraucht und von dessen Wert man eine unklare Vorstellung hat, so sehr zu verlieren fürchten kann. Was ich nicht in Rechnung stellte, war die erotische Eitelkeit, die es nicht erträgt, betrogen zu werden. Später sah ich, daß alte Ehemänner, die sich seit Jahren um ihre Frauen nicht kümmerten und die sich selbst längst einen Ersatz für ihre Liebesbedürfnisse geschaffen hatten, trotzdem in Eifersuchtsraserei verfallen konnten, wenn sie erfuhren, daß auch sie ihrerseits von ihren Frauen betrogen wurden. So als ob Eifersucht nicht so sehr ein Beweis für Liebe sei, als vielmehr das Zeichen, daß unsere empfindlichste

Stelle getroffen wurde: das männliche Selbstgefühl. Man ist in diesen Dingen wie ein Autokrat, der sich um eine gewisse entlegene Provinz nie gekümmert hat. Da aber ein Nachbarstaat sie zu annektieren droht, ziehen wir gleich mit allen Streitkräften aus, sie zu „schützen", und man entdeckt plötzlich Schönheiten an ihr, die bislang unbekannt geblieben waren.

Was nun Victoria betraf, so versuchten wir zwar einige Male, sie zu sehen, aber die beiden Schwestern (Maria hatte eine Kollegin bekommen) bedeuteten uns, daß wir uns einem trostlosen Anblick aussetzen würden, ohne dabei der Kranken irgendwelche Freude zu bereiten. Victoria war, wie es hieß, ohne Bewußtsein. Aber genauer wäre gewesen: bei getrübtem Bewußtsein. Und als sie kurze Zeit später starb, mußte man sich mit dem Gedanken trösten, daß es für sie selbst die endliche Erlösung war. Ihre Krankheit, organisch und seelisch fortschreitend, war nicht mehr aufzuhalten gewesen.

Diese Tage waren für uns von einer aufreizenden und schwächenden Nervosität. Wir standen zwischen zwei deprimierenden Ereignissen: dem Ende des Onkels Andreas und dem Ende meiner Cousine. Fast war es schon so, daß wir mit Ungeduld auf dieses zweite trostlose Finale warteten. Fast so, daß wir sein endliches Eintreten mit einem Aufatmen begrüßt hätten. Und fast so, als sollte die Reise nach Paris für Isolde und mich eine Art Aufheiterung, etwas „frische Luft" nach all der Krankenzimmer-Atmosphäre bedeuten. Schon schmiedeten wir Pläne, wohin wir nach Paris gehen würden.

„Irgendwohin ans Meer", sagte Isolde, „und wo wir nicht zu einsam sein werden. Vielleicht kommt Julien mit…"

Da war er wieder! Meine gleichsam präsumtive Eifersucht wuchs. Sie drohte, meine Liebe für Isolde zu verfälschen.

Am nächsten Tage sagte ich ihr, daß ich sie jetzt verlassen wolle. Ich war mir in der Nacht klargeworden, daß ich nur noch ein paar Tage hierzubleiben brauchte, um die Nerven endgültig zu verlieren. Ich glaubte nicht mehr, daß sie mich liebte. Mich ihr zu erklären, wagte ich gerade aus diesem Grunde nicht. Und selbst, wenn sie meine Liebe erwidert hätte, fühlte ich, daß sie sie bald genug einem anderen, vielleicht Julien, vielleicht jemandem, den sie heute noch nicht kannte, zuwenden würde. Wenn ich aber erst einmal, und sei es für eine kurze Zeit, ihr Liebhaber gewesen wäre, würde ich nicht mehr aufhören können, sie zu lieben. Diese dauernd von Eifersucht vergiftete Liebe würde alle meine Gedanken und Handlungen beherrschen.

Wenn ich mich des Anfangs unserer Beziehung jetzt erinnerte, wenn ich mich der alten Isolde erinnerte, begriff ich kaum, daß die Isolde von heute ein und dieselbe Person sein sollte. Vielleicht hatte der Tod ihres Onkels sie am entscheidendsten beeinflußt. Dieses junge Mädchen, das eine so reine, so keusche Liebesbeziehung zu ihrem Onkel gehabt hatte, schien auf dem besten Wege, eine etwas melancholische und darum nur um so gefährlichere Abenteurerin zu werden.

„Du willst mich jetzt allein lassen?“ fragte sie. Sie hatte über der Nasenwurzel eine senkrechte Falte, und ihre Augen schimmerten, als wollten sie sich mit Tränen füllen. Mir schien, als ob jeder Tag ihrer Schönheit einen neuen Zug hinzufügte. Längst vorbei war die Zeit, in der ich mich zuweilen gefragt hatte, warum ich sie so zu lieben begonnen hatte, jene Zeit, in der ich noch ein erinnertes und ein tatsächliches Bild von ihr zu unterscheiden vermochte.

„Würde es dich denn sehr traurig machen, wenn ich ginge?“ fragte ich, plötzlich beinahe zitternd vor Glücksgefühl, sie könnte diese Frage bejahen. Aber sie kam nur auf mich zu und küßte mich. „Geh nicht fort“, sagte sie. „Geh nicht fort, Peter.“

Und ich übersetzte, während ich sie küßte, ihre Worte mit: Ich liebe dich. „Ich –“, hob ich an. Aber die beiden anderen Worte zu sagen, schämte ich mich plötzlich. „Iso“, sagte ich. Sie lachte. Aber aus dem Augenwinkel rollte eine Träne langsam an ihrem Gesicht hinunter.

„Du mußt immer bei mir bleiben, Peter“, sagte sie. „Ach, dieses Leben ist so verrückt. Willst du bleiben?“

Ich nickte. Und als sie sagte, ich solle immer bei ihr bleiben, und ich bedachte, daß dieses „immer“ unmöglich sei und sie selbst es nicht aufrichtig glauben könne, da versetzte mich das, was ich bis jetzt so gefürchtet hatte: das Gefühl für die Endlichkeit, die Bedingtheit, die Nicht-Ausschließlichkeit dieser Liebe, in einen so tollen Rausch, daß ich den Schmerz vom Glück, die Erkenntnis von der Lüge nicht mehr unterschied; und wie sie, während sie lachte, nicht hatte hindern können, daß eine Träne über ihr Gesicht lief, fühlte ich unsere Liebe als ein Gemisch von Bitterem und Allzusüßem. Die Aussicht, ihre Liebe bald vielleicht mit Julien teilen zu müssen, der Verzicht, den diese Aussicht enthielt, oder der Gedanke, Roberts Vertrauen – wenn er mir auch Isoldes längst nicht mehr würdig erschien – zu enttäuschen, alles dies, wogegen ich mich so lange gesträubt hatte, hemmte nun nicht, sondern steigerte meine Liebe. In ihr verlor ich, was ich so lange besessen hatte: die absolute Reinheit des Herzens, die sich nur die bewahren können, die im Jünglingsalter sterben. Doch ich glaubte, das, was ich für sie eintauschte, sei diesen Kaufpreis wohl wert.

Isolde fragte mich: „Willst du, daß ich mich von Robert scheiden lasse?" Sie fragte es am späten Abend. Ich hatte soeben mit Wolkin telefoniert und den üblichen Bescheid erhalten, man bäte mich, den Besuch noch ein bißchen aufzuschieben. Ich hatte zu Isolde gesagt: „Wir sollen morgen noch nicht kommen; wenn wir Robert schreiben, daß man uns dauernd abweist, wird er uns nicht glauben." Und da hatte sie diese Frage gestellt.

„Laß doch", sagte ich. „Das hat doch noch Zeit …"

Ich sagte das, weil ich wußte, daß sie es nicht tun würde. Oder, wenn sie es doch täte, für mich damit nichts gewonnen wäre. Ich glaubte schon, sie jetzt besser zu kennen, als sie sich selbst kannte, und ich war zu sicher, daß der Zustand, in dem wir uns befanden, nicht für die Ewigkeit bestimmt war. Vielleicht aber, als ich ihre Frage so beiseite schob, war in mir ganz heimlich schon der Gedanke lebendig, die eigene Freiheit wahren zu müssen.

„Wie wunderbar vernünftig du bist", sagte Isolde. „Offen gesagt, ich habe nur deswegen gefragt, weil ich glaubte, du erwartetest es von mir. Ich dachte, ihr Männer seid alle so, daß ihr immer gleich auf ‚Entscheidungen' drängt, auf ein ‚Entweder-Oder'. Aber ich sehe, du bist vernünftiger, als ich geglaubt hatte."

Sie war offenbar zufrieden, daß ich so „vernünftig" war. Und da mir ihre Worte genau das bestätigten, was ich vorher gedacht hatte, fühlte ich, als sie sie aussprach, eine Art schmerzlicher Befriedigung.

Wir waren in ihrem Zimmer. Isolde kramte unter Fotografien, die sie gesammelt hatte.

„Hier", sie zeigte mir ein Foto, auf dem sie, ein paar Jahre, bevor ich sie kennengelernt hatte, war. Ernst, kindlich und schön, mit einer etwas zu großen Nase. „Erkennst du mich wieder?" fragte sie.

Ich versuchte, die jetzige Isolde zu vergessen und mir dann vorzustellen, wie dieses kleine Mädchen, das ich hier sah, sich wohl entwickeln müßte. Hätte ich Isolde nur damals gekannt und sie nie wiedergesehen, würde ich sie dann in der jungen Frau, die hier vor mir saß und die mir „gehörte" – wie ich ihr „gehörte" – wiedererkennen? Ich zweifelte beinahe.

Plötzlich lachte sie. „Da – ein Kinderfoto von Robert, aus seiner Schule. Ich habe es neulich unter seinen Sachen entdeckt und mich so darin verliebt, daß er es mir schenken mußte."

Ich sah einen wilden und zugleich scheuen Jungen, ziemlich zerlumpt, mit einem großen Schäferhund, der sich ausgestreckt an ihn schmiegte.

„Der Hund hieß Hasso, hat mir Robert erzählt", sagte Isolde. „Merkwürdig, wie eindringlich ich mir vorstelle, wie er ihn ‚Hasso' rief. Ich höre ihn förmlich. Natürlich lispelte er die ‚ss' etwas." Sie lachte. „Ist dir nicht aufgefallen, daß er jetzt gar nicht mehr lispelt?"

Die Wahrheit zu sagen, war es mir nie aufgefallen, daß er überhaupt gelispelt hatte. Jetzt aber erinnerte ich mich an diesen kleinen Sprachfehler sehr deutlich. Das heißt, durch Isoldes Worte wurde mir mit einem Mal klar, daß das, was ich als Roberts Eigenart registriert hatte, eben dieses Lispeln gewesen war.

Wenn Isolde erklärte, daß sie sich in dieses Foto verliebt hätte, so war das nicht allzu übertrieben. Sie liebte noch immer das Kind und den Jüngling Robert. Und zwar liebte sie ihn ihrerseits als das kleine Mädchen, das sie damals gewesen war. Ihre Liebe begriff zwar nicht den neuen Robert ein, den von heute, aber es genügte ihr, sich an den Knaben Robert zu erinnern, damit ein wenig von der Liebe, die sie für ihn aus Kinderzeiten aufbewahrt hatte, noch auf den Robert von heute fiel. Sie liebte das Kind Robert noch aus einem anderen Grunde: weil es ihr die eigene Kindheit zu einem kleinen Teil, aber zu ihrem schönsten Teil, wiedererweckte. Und ich fühlte, daß ich in diese abgeschlossene, für Robert reservierte Welt nie eindringen könnte. Das aber nahm mir ganz das Gefühl, Robert etwas geraubt zu haben. Was ich „raubte", hatte ihm nie gehört. Und was ihm gehörte, war durch keine Gewalt zu entführen.

„Glaubst du", fragte Isolde mich, aus einem Nachdenken, das dem meinen parallel gelaufen sein mußte, „daß Robert mich je betrügen könnte?"

Sie stellte, aus der Sicherheit heraus, daß dies unmöglich sei, die Frage nicht einmal für die Vergangenheit.

„Nie", versicherte ich ihr, „das wäre unmöglich."

Sie lächelte, wie über eine allzu selbstverständliche Schmeichelei. „Was weiß man?", sagte sie, nur wie zum Schein skeptisch. „Er ist ja weich, im Grunde, etwas eitel. Wenn ihm eine Frau Komplimente sagt, verdreht es ihm schon den Kopf. Aber daß er die Konsequenzen daraus zöge, dazu gehört doch mehr. Weißt du, im Grunde ist er zu schüchtern!"

Aus dem gleichen Instinkt, aus dem ich ihr versichert hatte, Robert würde sie nie betrügen können, gab ich ihr auch recht darin, daß er „schüchtern" sei. Ich wußte sehr wohl, daß das Gegenteil der Fall war. Aber daß es so war, schien mir eine so große Kränkung für Isolde zu sein, daß ich alles darangesetzt hätte, sie ihr zu verheimlichen. Und mich rührte – und ich bewunderte – ihre trügerische Sicherheit, die so sehr derjenigen glich, die vor kurzem noch Robert Isolde gegenüber gehabt hatte, und die nun endgültig zerstört war, als er begriffen hatte, wie sehr seine Frau an Andreas gehangen hatte.

Roberts Mißtrauen wurde mir fühlbar nicht nur in seinen Telegrammen, die uns aufforderten, nach Victoria zu sehen – die ich noch eben vergeblich angeläutet hatte –, sondern auch im Verhalten des jungen Fritz. Vor ein paar Tagen, einen Tag, bevor ich Isolde mitteilte, daß ich abzureisen wünschte, hatte er mir einen Zettel gezeigt, auf dem die Adresse des New Yorker Hotels stand, das Robert aufsuchen wollte, und die er noch aus Hamburg an ihn gesandt hatte. Dann aber, in der Folge, zeigte er eine derartige Diskretion – übrigens genau wie Kathinka – daß er, sobald er sich uns näherte, sich durch möglichst natürlich klingendes Hüsteln ankündigte, oder einen Gegenstand fallen ließ, oder ein Liedchen pfiff, oder sich allzu laut unterhielt, so daß unverkennbar war: Er hatte bemerkt, daß Roberts Befürchtungen eingetroffen waren. Und die Diskretion, die er uns nun ein wenig lärmend erwies, war wie die eines Mannes, der uns gegen seinen Willen eine Zeitlang beobachtet hat, ohne daß wir ihn bemerkten, und der nun, um uns alle Peinlichkeit zu ersparen, behauptet: „Ach, Sie sind hier! Ich habe Sie gar nicht bemerkt!"

Dann sprachen wir von unserer Reise. Wir sprachen nicht – in schweigender Übereinkunft – über den ernsten, den Pariser Teil, auch Julien spielte nun keine Rolle mehr in unseren Plänen, wir sprachen nur von dem heiteren zweiten Teil, der am Mittelmeer spielen sollte. Die Fotografien waren auf den Boden geglitten, ich hob sie auf und legte sie in die Zigarrenkiste zurück, in der Isolde sie – Erbe der Kindheit – aufbewahrte. Isolde legte eine Tangoplatte auf. Ich sagte, ich könne Tango nicht tanzen.

Das Fenster stand offen. Die Nacht war schimmernd, blau, voll Mond, und die Havel schnitt mitten durch sie hindurch. Fast konnte man das Wasser hören.

Als das Telefon aufschrillte, spielte noch immer die Tangoplatte, und die Nacht war um nichts verändert, und in den Pausen zwischen den schrillen Klingelzeichen hörte man, wenn man am Fenster stand, noch immer fast das Wasser.

„Geh du", sagte Isolde, blaß, mit erweiterten Augen.

„Ich?" fragte ich. Dann griff ich, wie nach etwas Tödlichem, nach dem Hörer.

Die Worte, die Schwester Maria wählte, bildeten für mein Gehör ein Klang-Chaos, in das ich mich gern lange betrachtend versenkt hätte. Aber schon – ich hatte den Hörer wieder aufgelegt – sagte ich mechanisch: „Iso – jetzt müssen wir zu ihr."

„Zu Victoria?"

Ich nickte.

„Tot", sagte ich.

Da fiel mir Isolde um den Hals. „Nicht tot", sagte sie, als hätte ich Macht über Leben und Tod, „nicht tot!" flehte sie. „Nie sterben, Peter. Ich will nie sterben!"

„Aber du", sagte ich, „lebst ja!"

„Ja wir. Wir leben. Wir wollen nie sterben, nicht wahr? Peter, laß mich nicht allein! Ich will nie sterben!"

Fritz fuhr uns nach Wolkin. Ich hatte noch das kratzende Geräusch der Grammophonnadel auf der ausgespielten Platte im Ohr. Dann aber fiel mir die Tangomelodie ein, und sie beherrschte mein Bewußtsein die ganze Zeit über, in der ich, über Isolde gebeugt, sie zu trösten versuchte, ihr sagte, daß wir noch lange nicht sterben würden; diese ganze Zeit über spielte in meinem Gehör die Tangoplatte weiter. Und die Worte, die ich Isolde sagte, schienen vom Rhythmus und der Melodie dieses Stückchens diktiert.

Man mag sich über unser haltloses Erschrecken wundern, das wir bei einer so lange erwarteten Mitteilung bekundeten. Aber vielleicht erschreckt uns nichts so sehr wie das lange Erwartete. Menschen, die ständig in Todesgefahr leben, haben sich bereits so an sie gewöhnt, daß sie im Tiefsten nicht mehr an sie glauben. Und wir, gewöhnt an schlimme Nachrichten aus Wolkin, gefaßt, jeden Tag das Ende zu vernehmen, waren über das „Schließlich-doch" so erschrocken, als wenn wir nie damit gerechnet hätten.

Bald beunruhigte mich aber mehr noch der Ausbruch von Todesfurcht bei Isolde. Sollte ich daraus auf eine allzu große Liebe zum Leben schließen? Ich weiß nicht. Denn so stark, wie Isolde den Tod fürchtete, kann man das Leben gar nicht lieben. Diese Angst war von einer panischen Gewalt, die Liebe nie haben konnte.

Allmählich begann sie sich zu sammeln. Scham überkam sie. „Lieber Peter, verzeih mir mein albernes Betragen. Mein Gott, was habe ich dir da nur für schreckliche Dinge erzählt? Glaube sie nicht! War ich sehr egoistisch? Ach, arme Victoria! Warum war ich nie freundlicher zu ihr?"

Sie brach von neuem in Schluchzen aus. Aber es war weniger beunruhigend als das erste, bald ging es in ein sanftes, kindliches Weinen über, und als sie nun in Wolkin ausstieg und der Schein der elektrischen

Lampen auf ihr weinendes Gesicht fiel, war sie von einer so schmerzlichen, aber, ich glaube: unbewußt theatralischen Schönheit, daß Fritz, der sie ansah und der bisher etwas erschrockene, aber trockene Augen gehabt hatte, anfing verlegen eine Träne zu verbergen. Er, der über Victorias Tod nie geweint hätte, war in Gefahr, über Isoldes Schmerz – der zudem, was Fritz nicht wissen konnte, viel mehr dem eigenen Schicksal als Victoria galt – Tränen zu vergießen. Etwa wie jemand, der im Leben bei den schwersten Unglücksfällen, die ihn betreffen, hart und gefaßt bleibt, den Zeitungsmeldungen vom Hungertod seiner Mitbürger ganz ungerührt lassen, aber dem plötzlich, im Kino, bei einer sentimentalen Stelle eines im Luxusmilieu spielenden Films die Augen feucht werden. So fragwürdig sind alle unsere Rührungen.

Der Anblick Victorias gab uns endgültig unsere Fassung wieder. Der Tod ist so ernst, daß ihm unmittelbar gegenüber aller egoistische Schmerz, selbst die eigene Todesfurcht sich gleichsam verflüchtigt.

Dieses Gesicht, das keinen Ausdruck mehr enthalten konnte, von nichts Seelischem mehr bewegt, keiner Reaktion außer der chemischen der Zersetzung mehr fähig, ganz Ding, ganz Stoff geworden – sich zersetzender Stoff –, schien dennoch wie in einem letzten Triumph etwas Menschliches zu formen. Dieser Frieden, den das geschlossene, abgemagerte Gesicht Victorias enthielt, wollte uns eine Weile die Befriedigung über einen letzten Sieg vortäuschen. Sieg über alles, was gequält hatte. Der Ausdruck, zu dem der entseelte Körper sich hier entschlossen hatte, war der unendlicher Ruhe und Gefaßtheit. Aber ich sagte mir bald, daß man sich nicht mit Lügen trösten dürfe. Denn dieser „Frieden", je länger ich das Gesicht meiner toten Cousine betrachtete, trug allzusehr die Zeichen einer endgültigen Niederlage. Zu genau wußte ich, daß es ein Friede ohne Bestand war. Dieses Gesicht, das ich so geliebt hatte und in dem jetzt die Backenknochen überstark erschienen, mit den tiefen Schatten unter den geschlossenen Augen, der spitzen Nase, dem nach unten verzogenen Mund, dieses Gesicht unterstand nun keinem anderen Gesetz mehr als dem eines Zersetzungsprozesses, der in absehbarer Zeit beendet sein würde.

War es wirklich das Gesicht einer Schlafenden, wie Fritz sagte? Ich glaube nicht. Und doch verstand ich so gut die kindliche Sehnsucht, die aus seinen Worten klang, an den Tod nicht glauben zu müssen, als plötzlich hinter uns seine leise, stockende Stimme fragte: „Aber vielleicht schläft sie nur?"

Herbert Schlüter

Ein kurzer Lebensabriß

1927 erschien im S. Fischer Verlag das Debüt eines 21jährigen: drei zusammenhängende Erzählungen unter dem Titel „Das späte Fest". Verrottende Bourgeoisie, sentimentale Greise, geschminkte, am Leben kränkelnde Jünglinge, Sehnsucht und melancholische Hoffnung – ein durchaus typisches Werk der damaligen literarischen Jugend à la Klaus Mann. Am Debütanten Herbert Schlüter fiel aber zusätzlich die psychologische Einfühlsamkeit auf, mit der er in wenigen Zügen beispielsweise das hohe Alter oder die Vorpubertät beschreibt, was an seinen dann doch eher untypischen literarischen Vorbildern gelegen haben mag: „Der Impressionismus, gerade auch der sogenannte ‚psychische Impressionismus', wie J. P. Jacobsen ihn einführte, und auch der psychologische Realismus (Thomas Mann) waren mir wesensnah, während ich zum Expressionismus gar kein selbständiges Verhältnis hatte (und habe)."

Herbert Schlüter wurde 1906 in Berlin als Sohn eines Fabrikanten geboren. Infolge des Krieges und der Inflation ging das Familienvermögen verloren, er mußte das Gymnasium frühzeitig verlassen und begann eine Banklehre, nach deren Ende er allerdings arbeitslos wurde. Er benutzte die freie Zeit „zu intensivem (und extensivem) Lesen und literarischen Schreibversuchen", erste Texte wurden von Zeitungen angenommen, und ein eingesendetes Manuskript hatte 1926 dann schon den Verlagsvertrag und ein Paris-Stipendium zur Folge. Vorher, im März 1926, hatte Schlüter den ihm persönlich nicht bekannten Klaus Mann aufgesucht und ihm bei Kaffee und Kuchen seine erste Novelle vorgelesen – das war der Beginn ihrer Freundschaft. Schlüter begann nun zum Kreis des „Jüngsten Deutschlands" zu gehören, einer Avantgarde der damaligen jungen Dichtung, und er erlebte die kulturellen Roaring Twenties der Berliner Bohème mit. Skizzen und Erzählungen erschienen nun vermehrt in Zeitungen; in Anthologien der jüngsten Dichtung fehlte der Name Herbert Schlüter nicht; er las im Rundfunk; und 1932 erschien sein erster Roman: „Die Rückkehr der verlorenen Tochter". Der zweite Roman war unter dem Arbeitstitel „Havelroman" (später wird er „Nach fünf Jahren" heißen) eigentlich fertig, als diese Karriere – wie so viele andere auch – 1933 abbrach. Schlüter, der weder nach den Regeln der Nazis Jude, noch in einer gegnerischen Partei aktiv war, ging ins „freiwillige" Exil. „Was mich bewegte", erklärte er 1991, „war Abscheu vor dem, was da aufkam, besser gesagt, allen sichtbar aufgekommen war."

So fand er sich im April 1933 als Emigrant in Paris wieder: „Wie anders ist unsere Situation geworden. Kein Bal Musette, keine Dancings. Ich stehe in der Schlange vor den Hilfskomités und esse, einigermaßen beschämt über meine Hilflosigkeit, in den ostjüdischen Restaurants der Rue du Roi de Sicile". Er gelangte bis nach Mallorca, ohne irgendwo Fuß fassen zu können, und kehrte in der Not im Dezember 1933 zunächst wieder nach Berlin zurück – aber hier bestätigten sich nur noch einmal die Gründe für sein Exil, und gleichzeitig wurde auch „Nach fünf Jahren", obwohl vom Lektor Oskar Loerke befürwortet, endgültig von S. Fischer abgelehnt, weil der Roman nicht mehr in die Zeit passe. Im Januar 1935 emigrierte Schlüter also erneut und erreichte wieder Mallorca (u. a. zusammen mit der Essayistin Fränze Herzfeld, der er die erste Nachkriegsausgabe von „Nach fünf Jahren" widmen wird). Auf der Insel sammelten sich viele weitere Emigranten, darunter der Maler Rudolf Levy (Matisse-Schüler, 1875 – 1944), der für Herbert Schlüter eine Art Vaterfigur war; oder Franz Blei, der 1935 das Manuskript von „Nach fünf Jahren" mit Empfehlung an den österreichischen Verleger Franz Schönwiese sandte; und für einige Zeit auch Klaus Mann, der 1936 auf Mallorca seiner Schwester Erika, Fritz Landshoff, Annemarie Schwarzenbach und Herbert Schlüter aus dem entstehenden „Mephisto" vorlas. Mit Klaus Mann stand Schlüter im Exil in regelmäßigem Kontakt, der Freund druckte Texte von ihm in seiner Zeitschrift „Die Sammlung" und half möglichst, wenn es Herbert Schlüter („mein armer alter Schlüter – die Schlüterin, letzte Poëtesse von Format") wieder einmal finanziell miserabel ging. Die Situation verschlimmerte sich 1936 durch den Spanischen Bürgerkrieg; über Genua, wo er beinahe in einen Zug nach Deutschland geraten wäre, flüchtete er nach Dubrovnik. Von hier reiste er im Sommer 1937 vier Wochen lang mit dem jungen William Burroughs durch Montenegro und Albanien nach Korfu, aber gut ging es ihm hier im ganzen nicht. Im Juni 1938 übersiedelte er dann (ermöglicht durch Geld, das ihm Katia Mann schickte) nach Ischia. Er bemühte sich von hier aus vergeblich um ein Visum nach Amerika, und immer kämpfte er weiter mit absolutem finanziellen Elend.

Bis ca. 1937 schrieb Schlüter an einem auf Mallorca spielenden Exilroman, dessen Manuskript dann den Krieg bei Klaus Mann in Kalifornien überlebte, und begann auf Ischia einen weiteren Roman zu schreiben, der im zeitgenössischen Dalmatien spielte – dieses Manuskript ging verloren, als Rudolf Levy, bei dem es sich befand, 1944 in Florenz von der Gestapo abgeholt und in den Tod geschickt wurde. Im Mai 1941 hatte sich auch Herbert Schlüter in Florenz niedergelassen, wo er dann im November – immer noch deutscher Staatsbürger – als Dolmetscher zur Luftwaffe eingezogen worden war. Der Krieg führte ihn u. a. nach Sizilien und Belgien und ließ ihn die Zerstörung Dresdens miterleben; Anfang Mai 1945 kam er in Mecklenburg in Gefangenschaft und wurde in einem Lager der britischen Armee in Gütersloh wiederum Dolmetscher. Von hier lebte auch der Briefwechsel mit Klaus Mann wieder auf; einer der letzten Briefe vor dessen Selbstmord wird 1949 an Herbert Schlüter gehen.

Am liebsten wollte Schlüter Deutschland so schnell wie möglich wieder verlassen, aber eine Überraschung und ihre Folgen ließen ihn bleiben: Der Verleger Willi Weismann hatte das 1935 von Blei an Schönwiese gesandte Manuskript von „Nach fünf

Jahren" über den Krieg gerettet, und es wurde 1947 endlich in seinem Münchner Verlag und kurz darauf auch in Ernst Schönwieses Salzburger Verlag Das Silberboot herausgebracht. Schlüter wurde außerdem 1948 – 1950 Redakteur von Weismanns „Literarischer Revue" und zog nach München. Eine größere literarische Bekanntheit ergab sich aber nie mehr; es erschienen in großen Abständen hin und wieder Bücher von Schlüter mit den meist älteren Erzählungen („Im Schatten der Liebe", 1948; „Signor Anselmo", 1956; „Nacht über Italien", 1960; „Ein Gartenfest", 1986), und auch „Nach fünf Jahren" erschien im kleinen Stuttgarter Cosma Verlag 1972 noch einmal (Schlüter widmete diese neu durchgesehene Ausgabe seiner Frau Helene, die er 1948 geheiratet hatte), aber seine Haupttätigkeit waren zunächst Rezensionen und freie Lektorate und vor allem ab 1957 das Übersetzen aus dem Italienischen (z. B. das gesamte erzählerische Werk Giorgio Bassanis), dem Französischen (z. B. Romain Gary) und dem Englischen (z. B. Aldous Huxley). Bassani bewunderte Schlüters treffend-poetische Sprachkompetenz (sowie dessen höfliche Freundlichkeit wie aus einem anderen Jahrhundert – „un Signore di lingua tedesca"), und auch insgesamt wird die Einfühlsamkeit seiner Übersetzungen noch immer hochgeschätzt; 2000 erhielt Schlüter dafür den erstmals verliehenen Übersetzerpreis der Stadt München. Den bleibenden Wert der literarischen Texte des 2004 verstorbenen Herbert Schlüter lohnt es jetzt ebenfalls wiederzuentdecken.

Der Einband dieser Ausgabe wurde unter Verwendung einer Arbeit von Ruprecht von Kaufmann gestaltet. Der 1974 in München geborene Maler studierte Freie Kunst am Art Center in Los Angeles und erhielt zahlreiche internationale Preise und Stipendien. Er lebt und arbeitet in Berlin.

www.rvonkaufmann.com

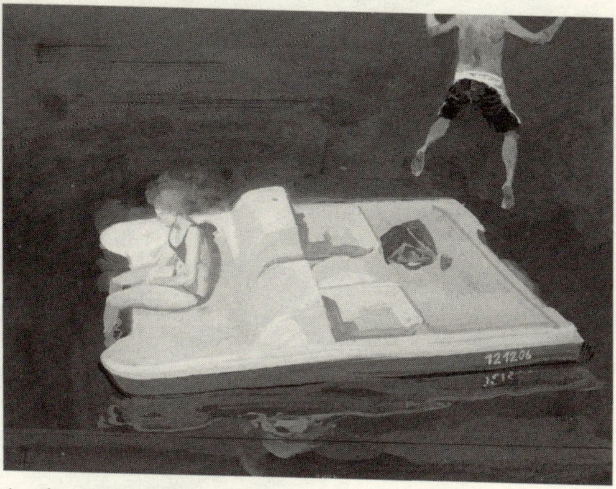

Aus dem Zyklus: *Berliner Sonette,* 2007,
Gouache auf Papier, 13,5 × 18,7 cm (Privatbesitz)

Die Reihe LILIENFELDIANA
richtet ihr Augenmerk auf die Kunst der kürzeren Form:
Kurzromane, Novellen, Erzählungen, Skizzen, die es verdient haben,
besonders hervorgehoben zu werden.

Bereits erschienen:
Band 1: Knud Hjortø, Staub und Sterne
Band 2: Hjalmar Hjorth Boyesen, Selbstbestimmung
Band 3: Herbert Schlüter, Nach fünf Jahren
Band 4: Felicia Zeller, Einsam lehnen am Bekannten

1. Auflage 2008

Gestaltung & Satz: Jan Frerichs
Einbandgestaltung unter Verwendung eines Gemäldes
von Ruprecht von Kaufmann, © Ruprecht von Kaufmann
Fotografie Herbert Schlüter:
© Monacensia. Literaturarchiv und Bibliothek München
Druck und Bindung: freiburger graphische betriebe
Printed in Germany
ISBN 978-3-940357-06-9

www.lilienfeld-verlag.de